首筋に唇を押し当てながら、透真は甘ったるい声で囁いた。彼の指は、水着の上から胸元を探り始める。

（本文より抜粋）

DARIA BUNKO

溺れるチェリーピンク

藍生 有

illustration＊神葉理世

イラストレーション❋神葉理世

CONTENTS

溺れるチェリーピンク 9

あとがき 236

この作品はフィクションです。

実在の人物・団体・事件などに一切関係ありません。

溺れるチェリーピンク

三時を過ぎると、パソコンのディスプレイを西日が照らすようになる。メールを書いていた殿村司《とのむらつかさ》は、眼鏡の奥の目を細めた。眩《まぶ》しくて画面が見づらい。

元は会議室だった部屋は広く、一面がガラス張りの窓になっていてオレンジの光に覆《おお》われていた。壁の一方にはホワイトボード、反対側にはロッカーと書棚が並んでいる。中央には六人分の椅子《いす》と机があるが、実際に使用している机は二つだけだ。

立ち上がって窓際に向かう。十五階建てのビルの十二階部分に当たるこのフロアからは、通勤に使う私鉄の駅までが見渡せた。

ブラインドを下ろす。これでディスプレイがとても見やすくなるはずだ。

大きく伸びをしてから、司は席に戻った。

司の席は窓に背を向けるように置かれている。椅子の背には、『ADACHI』と書かれたシルバーのジャンパーがかかっていた。身長百六十二センチと小柄な司にはMサイズでも少し大きかった。

司はスポーツ用品の総合メーカー『アダチ』に勤務する会社員だ。大学の担当教授の紹介で入社して三年目、開発企画部で新型水着の開発に携わっている。

子供の頃から勉強は出来ても体育は苦手だったから、司はスポーツと全く縁がない生活を送ってきた。しかし配属から一転、競泳用水着について考える毎日だ。

書きかけだったメールを送信し、司はほっと息をつく。これで今日の仕事は、コーチと選手へのヒアリングを残すのみ。終電帰りの日々だった先週までとは大違いの、ゆったりしたスケジュールだ。

アダチでは、企業や大学の競泳部にユニフォームを提供している。そこで選手から着心地といった面でのアドバイスを受け、市販の水着にもその技術を活かしていた。

契約している選手については、それぞれの要望に合わせて水着を作る。各選手と開発・生産部門、素材メーカーの調整を行うのが、司のいる開発推進チームの仕事だった。

今は新型水着の開発競争も落ち着き、来月から始まる競泳シーズンの開幕に備えている段階だ。今後は個別の微調整を含めた準備と、来年開催のオリンピックに向けての情報収集を行っている。

オリンピックで着用できる水着にはたくさんの規定がある上に、改正も頻繁《ひんぱん》だった。各国の思惑も絡《から》むために一筋縄ではいかない。開発にも気を抜いてはいられなかった。

メールの送信を確認する。そろそろ外出する時間だと目を入口に向けたちょうどその時、ドアが開いた。

「あー、疲れた」

入ってきたのは、司の直属の上司、足立透真《あだちとうま》だ。彼は長めの前髪を邪魔そうにかきあげて、少し困ったように笑いかけてきた。

すらりとした長身の彼は、立っているだけでため息が出るほど絵になる。

「会議が終わらないかと思ったよ」

透真はそう言って、司の正面の机に座った。

「お疲れさまでした」

「ありがとう。司くんにそう言ってもらえるだけで会議に出た甲斐《かい》があったかな」

透真が微笑《ほほえ》む。そうすると彼の周りが急に明るくなった気がした。

このチームに専属で籍を置くのは、司と透真だけ。オフィスに二人でいる時間は長いけれど、彼が放つこの独特の華やかさにはまだ慣れない。

パソコンに向かい、マウスを操作するその姿すら美しい。同じスーツ姿なのに、どうしてこうも自分と差があるのか不思議だ。

司は心の中でため息をついた。中学時代から二十六歳の今まで、自分は驚くほど外見に変化がない。大人しい性格がそのまま出ている顔立ちに、切る以外に手をくわえたことがない黒髪、そして眼鏡。

一言で言えば地味だ。初対面の人に覚えてもらえるような特徴は皆無。

これではいけないと、透真と一緒に仕事をするようになってから、司は服装に気を使い始めた。眼鏡のフレームを変えてみたり、ネクタイを明るい色合いにしたりというレベルだが、これまで服なんて着られればいいと思っていた自分からすれば大きな変化だと思う。

もちろんお手本は透真だ。彼のセンスを学びたいと日々観察している。

「司くん、これに目を通しておいて」

会議の資料を渡される。他社の開発状況と、市販の水着のレポート。

「はい。……主任、こちらにサインをいただけますか」

承認が欲しかった経費の精算伝票を差し出す。どんなに社内の電子化が進んでも、領収書の提出が必要な伝票類は未だ紙のままだった。

さっと一読した透真がペンをとる。

「うん。ここでいいね。……はい」

「ありがとうございます」

きれいな字でサインされた伝票を受け取る。

二十八歳の若さで主任、司と二人とはいえチームを任されているのは、透真が優秀だからという理由だけではない。

透真は社長の長男であり、会長の孫だった。代々アダチは親族経営なので、いつか彼も社長になるだろうと言われている。

穏やかで人当たりがよく、仕事も優秀。しかも長身で美形と非の打ちどころが全くない。社内ではひそかに王子と呼ばれているという噂《うわさ》もあった。

透真には、偉ぶったところはない。彼が声を荒らげる場面すら司は一度も見たことがなかった。

きちんと筋が通っていて話しやすい上司で、自分とは二歳しか違わないと思えないほど落ち着いている。彼の下についてからもうすぐ一年になるが、司は尊敬する上司に出会えてとても充実した毎日を過ごしていた。

同期にも司の状況はかなり羨《うらや》ましがられていて、代わって欲しいと冗談めかして何度も言われている。そしてなんでお前なのかな、とも。

司もそれは常々疑問に思っていた。何故このプロジェクトに自分が選ばれたのだろう。特別に優秀というわけでもない、ごく平均的な社員だという自覚はある。このプロジェクトが立ち上がる前は、同じ開発部内でも透真とはあまり話したこともなく、何度か応援に行った水泳大会で席が近くなった程度だ。

「今日は会議ばっかりだ」

透真は机に置いた手帳を取って立ち上がった。

「また長引きそうだから、司くん、先に大学へ行っててくれる？　僕は会議が終了次第、追いかけるね」

「分かりました。では、先に行ってます」

資料を手に立ち上がる。

「勇真《ゆうま》には君が先に行くとメールしておくよ」

携帯を手にした透真が微笑んだ。

勇真というのは透真の弟だ。大学生の彼は、このプロジェクトにおいて重要な選手の一人だった。

「じゃあ、後でね」

透真が出かけてから、荷物をまとめてオフィスを出る。

会社から五分歩くと、窓から見えていた私鉄の駅だ。迷うことなく、郊外へと向かうホームに足を向けた。

急行で四駅、約二十分で目的の駅に着く。夕方ということもあり駅は混雑していた。改札を出てすぐ、城東《じょうとう》学院大学の門が見える。

城東学院大学のキャンパスは都内に数ヵ所ある。体育科学部は最も広大な敷地を持つ郊外キャンパスで四年間を過ごす。同じ敷地には医学部と病院があるため、大学といっても様々な年代の人が行き来している。

目的地のプールは、病院の裏にある体育館に併設されていた。

「こんにちは」

別棟に当たるプールの入口で、入館証を見せて挨拶《あいさつ》をする。すっかり顔見知りになっている職員が、どうぞと会釈してくれた。

仕事柄、たくさんの会社や学校のプールを見てきたが、この大学のプールが最も立派だ。国内基準公認の五十メートル長水路プールに控え室、シャワールームや更衣室など、どれも最新設備で管理が行き届いている。

城東学院大の競泳部は名門として知られ、在学中にオリンピックに出場を果たす選手も珍しくない。現在も男女共に国内トップクラスの選手が所属している。

靴を脱ぎ、持参したプール用のサンダルに履《は》き替えてから、プールに入るドアを開けた。すぐにツンと鼻にくる塩素系のにおいと温《ぬる》い空気に包まれる。

天井が高いプールは普段より静かだった。国体が終わった今の時期、競泳界は短いシーズンオフ。夕方という時間もあり、練習している学生の数はあまり多くない。

規則的な水音がプール内に響く。六つあるレーンの一番奥で、大きな体が水中に敷かれたレールを滑るかのように泳いでいる。その姿だけで、司にはそれが誰か分かった。足立勇真、透真の弟だ。彼はこの大学の一年生であり、既に長距離部門のエースだった。

司が初めて勇真の泳ぎを見たのは、二年前のインターハイ。彼は当時高校二年生だったが、一人だけ次元が違うタイムを出していた。彼は圧倒的な速さで優勝し、短水路での千五百メートル自由形の高校新記録を樹立。その後の国際大会でも入賞し、一躍オリンピック候補に名乗りを上げた。

城東学院大に入学してからも成長は著しく、六月の国際大会では銅メダルを獲得している。彼の活躍は大きく取り上げられ、今や男子競泳界の期待選手の一人になっていた。インカレも日本新記録で優勝している。

湿度が高いせいか、すぐに汗が滲《にじ》む。それを拭《ふ》きながらプールに近づいた。離れた場所に立っているコーチに頭を下げる。

プールから勇真が上がってきて、スイムキャップを脱ぐ。司に気がついて駆けよってきた。

「……来てたんですか」

見上げるような長身、がっしりとした肩幅。目鼻立ちがくっきりとしていて、意思の強そうな太めの眉と短く切り揃《そろ》えられた髪型を除けば、兄の透真とよく似ている。

「うん。ごめんね、邪魔しちゃったかな」

「……邪魔じゃないです」

勇真は司の顔を見下ろし、ほんの少し表情を緩《ゆる》めた。その優しい視線がどうにもくすぐったく感じる。

「メールが来たと思うけど、お兄さんは後から来るよ」

透真のことを口にすると、勇真の眉がぴくりと動いた。

「そうですか」

透真と勇真は、仲が悪いというわけではない。むしろ、とても仲の良い兄弟だ。しかし勇真はごくたまに、透真の名前が出ると表情を強張《こわば》らせる。

「あの、司さんは、透真と……」

兄の名を呼び捨てにした勇真は、司の顔をじっと見つめた。

彼はいつも、人の目をきっちりと見て話す。勇真とこうして話すようになって一年になるが、彼の強い眼差しを向けられると司は未だに緊張してしまうのが常だった。

「足立、ちょっと」

コーチの声が静かなプールに響く。

「はい」

声をかけられた勇真は、一礼して司の前から去っていく。

一体何を言いかけたのだろう。気になったけれど聞くわけにもいかず、プールサイドのベンチまで移動する。

再び勇真が水の中へと入っていった。

水泳の練習は、ただ単純に距離を泳ぐだけではなく、バラエティに富んでいる。キックやプルだけといった部位別トレーニングや、スタートとターンだけの場合、足にフィンをつけて泳ぐ時もある。もちろん水中以外、陸上でのトレーニングも必要だ。この大学は、そのすべてを施設内で出来る恵まれた環境にあった。

コーチの指示で勇真が泳ぐ姿を見守る。そろそろ練習も終わりの時間だ。クールダウンが告げられ、勇真が通常よりゆったりとしたペースで泳ぎ始める。

彼の泳ぐ姿を見るのが司は好きだった。とても優雅で美しく、いつまでも見ていたくなる。

もちろん速さは大事だ。コンマ一秒でもタイムを縮めるための努力が大変なことも分かっているつもりでいる。それでも、勇真を見ていると、泳ぐことが楽しく、そして美しいのだと思えた。

ちょうど肩幅くらいに二本のラインがあって、その上を手で滑っていくようなスタイル。水を壊さずにまとわりつかせるようにして進む姿は、無駄がなくてとても洗練されている。どれだけ見ていても飽きない。

「——どうしたの、ぼーっとして」

「うわっ」

肩を叩かれて思わず声をあげる。振り返ると、透真が微笑みを浮かべて立っていた。

いつからそこにいたのだろう。全く気がつかなかった。

「脅《おど》かさないでください」

「僕はさっきから何度も声をかけたよ」

苦笑した透真が前髪をかきあげた。

「……すみません、気がつきませんでした」

透真は司の横に腰を下ろした。

「いいよ。勇真に見惚《みと》れていたみたいだから、許してあげる」

その一言だけでも、透真が弟の勇真をとてもかわいがっているのが分かって微笑ましくなる。

一人っ子の司は、兄弟の仲の良さが羨ましかった。

しばらく二人で勇真の練習を見守る。透真の目は真剣だ。会社で見せる柔和さは消え、コーチのように真剣に手元の時計と練習メニューを見ている。

「もう終わりだ」

透真が立ち上がり、プールへと近づいていく。プールから勇真が出てきた。練習の最後にクールダウンとして六百メートルを十五分かけて泳いだというのに、彼は息ひとつ乱していなかった。さすがのスタミナだ。

「お疲れさま」

透真から差し出されたタオルを、勇真が無言で受け取った。

長身の二人が並ぶととても迫力がある。タイプは違うけれど、二人とも美形なだけにきらきらと輝くような華やかさだ。自分が近づいていいのかと、ちょっと気後《きおく》れする。

「それで、どうかな、一週間練習してみて」

勇真が着用している水着は、アダチの最新モデルをカスタマイズしたもの。血液の循環を促《うなが》すため、筋肉を締めつける素材を使用している。

現在、勇真に合わせて作られた水着は四パターンある。ボディスキャナーを用いて計測した彼の体にぴったりと合うものを基本に、泳いでいる最中の映像を録画して解析したデータと好みを考慮して作られていた。

出来上がった四パターンを一週間ずつ試し、その中からシーズン用のモデルを決めることになっている。

「すごくいい。特に腰周りの締めつけが強くて、下半身がぶれなくなる。余計なところに力は入らないから、後半でも疲れにくい」

低い声でぼそぼそと勇真が言った。透真がちらりとこちらに目配せしてくる。司も頬を緩めた。思った通りだ。

「やっぱりね。勇真がそう言うと思って、腰周りだけほんの少し強めにしてあるんだ」

透真が声を弾ませる。確か最後の調整時、透真は独断で自分が考えた数値の水着を作らせていた。

「そうなのか。……ありがとう」

俯《うつむ》いたまま、勇真はぶっきらぼうに言った。それからタオルで水分をざっと拭《ぬぐ》い、プールサイドでクールダウンを始める。

ストレッチを始めた彼の邪魔にならないように脇へ退ける。

勇真が着替えている間に、プール横にある控え室で透真とコーチに話を聞いた。

「これが今週分ですね」

コーチから、勇真のタイム一覧を見せてもらう。

「やっぱり今日の水着が勇真にはいいみたいですね」

コーチが指すように、タイムが先週と比べて伸びている上に安定している。

「では次の大会用に、このタイプを用意しておきましょう」

「お願いします」

それから二人の会話はより専門的なトレーニングの方向へ進んでいく。勇真が子供の頃から技術面のサポートをしていた透真は、コーチからの信頼も厚い。

コーチとの話が終わり、控え室を出る。透真はそこで女性コーチに話しかけられた。

「なんでしょうか」

口元に笑みを湛《たた》えた透真に、女性コーチが目を輝かせている。きっと彼女の視界に司は入っていない。

そのままプールサイドへ出た。

「司さん」

呼びかけられて振り返る。大学の名前が入ったジャージとスポーツバッグを手にした勇真が立っていた。

「あ、もう着替えたんだ」

「はい。……あの……司さん、俺……」

勇真が何か言いかけてはやめる。さっきと同じだ。

「どうしたの？」

「なんでもないです。……お先に失礼します」

体育会系らしい礼儀正しさで挨拶をした彼は、コーチと監督にも挨拶をして、プールを出ていった。

「お待たせ。……あれ、勇真はどこに行った？」

話を終えた透真が戻ってきて、周囲を見回す。

「今帰っちゃいました」

「え、そうなの。せっかく食事に行こうと思ってたのに。……まだ子供だなぁ」

透真が肩を竦《すく》めた。

「まあいいや、また今度で。僕たちは何か食べて帰ろう」

「はい」

素直に頷《うなず》いて、プールを出る。挨拶をしてから体育館を出ると、外はすっかり暗くなっていた。

「いつものところでいいかな」

「もちろんです」

人気《ひとけ》のなくなった大学を出て、駅近くにある、小さな和食店に向かう。透真の行きつけで、司も何度か連れてきて貰《もら》っている店だ。

奥の二人掛けのテーブルで向かい合う。注文はいつも透真に任せていた。

「じゃあ、今日もお疲れさま」

すぐに運ばれてきたビールで乾杯をして、喉を潤《うるお》した。

「はぁ、仕事終わりに飲むビールはうまいね」

透真は笑顔でグラスの半分ほどを飲んだ。

「会議の連続で疲れちゃったよ。部長が相変わらずで」

「またですか……。お疲れさまです」

部長は社長の息子を部下に持つという状況を自分の出世チャンスと思っているようで、やたらと結果を急ぐ。そのやり方が透真とは合わないらしく、たまに明るい口調ながらも愚痴《ぐち》を零《こぼ》すことがあった。

「みんな勇真を商品としか見てないから」

透真は寂しそうに呟《つぶや》いた。

社長の息子であり、オリンピック出場が期待される勇真の存在は、アダチにとって抜群の宣伝になる。もっと前面に出て欲しいと広報や営業が要求していると、社内の噂に疎《うと》い司でさえ知っている。それを全部、透真が断っていた。今は競技に専念させたいから、と。

「でも主任は違いますよね。僕も違います」

プロジェクトで関わるようになって一年、勇真がどれだけ努力をしているのか見てきている。監督やコーチと話し合いながらトレーニングを重ね、真摯《しんし》に目標に向かっているのだ。

そんな彼を、商品扱いなんて出来やしなかった。

「ありがとう。司くんがそう言ってくれると嬉《うれ》しいなあ。僕はなんて恵まれているんだろう」

「そんな、僕の方こそ、幸せです」

お互いに照れている内に、料理が運ばれてきた。この店の特製玉子焼きは、甘くてふわふわしていて透真のお気に入りだった。

「……ん、おいしい」

早速口にした透真が蕩《とろ》けそうな顔をした。彼は箸《はし》の使い方が綺麗《きれい》だ。食事をする姿にもどこか品がある。

シャツの袖口から覗《のぞ》く手首は、細身なイメージとは裏腹にがっしりとしていた。一度だけ彼の水着姿を見たが、綺麗に筋肉がついた見事な体をしていた。

「主任はもう泳がないんですか」

透真もかなりのタイムで泳いでいたと聞いたことがある。将来を嘱望《しょくぼう》される選手だったらしいが、大学進学と同時に競技をやめてしまったそうだ。

「うん。僕は自分が泳ぐより、勇真が泳ぐ姿を見ている方が好き。彼の成長が僕の喜びなんだよ」

透真は身を乗り出し、目を輝かせた。

「勇真には、オリンピックでメダルを獲って欲しい。それが僕の夢なんだ。勇真が小学校の時からのね」

「小学校の時から、ですか」

兄弟の年齢差は九歳ある。勇真が小学校ということは、透真は高校生か大学生。その時から弟に期待していたのかと目を丸くする。

「うん。天才はもう、その時から違うんだ」

勇真の話をする時、透真の表情は優しく柔らかになる。本当に愛おしそうで、見ているだけでこちらの気持ちも温かくなってきた。

「でもね、アスリートとして尊敬しているけど、僕にとっては、かわいい弟でもあるんだ。……まあ、あんなに大きくなってしまったけどね」

透真は箸を置いて苦笑した。

「社長も背が高いですよね。……やっぱり遺伝かなぁ」

父も母も小柄なことを思い出して司は呟いた。軽く酔いが回って、口調も崩れ気味だ。

「そうかもね。うちは母親も背が高いから」

元モデルだという透真の母親とは、何度か会ったことがある。確か司よりも背が高くて、透真に似た顔立ちの美人だった。

透真は不意に箸を置き、押し黙った。それから少し小さな声で、あのね、と切りだす。

「司くんは、勇真のことをどう思っている?」

「どうって……すごくいい子ですよね。ストイックで、目標に向かって努力するところは、見習わなくちゃと思ってます」

水着の着心地についてのヒアリングでも、勇真の回答は他の選手とは違った。体の使い方への意識が高く、理路整然としていてぶれがない。そしてなにより、泳ぐことが大好きだという熱意を感じる。

「うんうん、その通りだ」

透真は嬉しそうに頷いた。

「とにかく努力家なんだよ。毎日の練習でも目的意識が高くてね。それに負けず嫌いだ」

「……負けず嫌い、ですか? 普段あまり、そういうところを見ないんですけど」

あまり感情を露《あら》わにすることがない、落ち着いた様子を思い浮かべる。浮ついた部分が殆《ほとん》どない勇真が、十九歳になったばかりだという事実は信じがたい。同じ年の時、自分はただ漠然と大学に通うだけだった。

「普段はね。でも負けることをなんとも思わないようじゃ、オリンピックは目指せない」

「オリンピック、か……。そうですね……」

この仕事につくまで、司にとってオリンピックはテレビで見るものだった。アスリートは遠い存在で、彼らの活躍を日本の代表だからと応援し、どんな種目だってメダルを期待した。

だけど実際にスポーツの現場に関わるようになって、オリンピックに出場すること自体がどれだけ大変か理解し、自分の認識の甘さを痛感した。世界で戦うためには、想像を絶するような練習と努力、そして才能に運も必要なのだ。

「あと一年もないけれど、勇真がどれだけ成長してくれるか楽しみだよ。勇真はね、子供の頃から欲しい物を必ず手に入れてきたんだ。絶対にオリンピックの代表入りをするよ。そしてメダルを獲る」

透真はグラスを飲み干し、司の目を見た。その強い眼差しは、勇真とよく似ている。

「僕は勇真のためならなんだってするつもり。それが会社にとってはマイナスであってもね。……なんて、僕が言っちゃ駄目なんだけど」

透真は苦笑して続けた。

「司くんもよろしく」

「はい、僕にできることであればなんでもするので言ってください」

身を乗り出して言った。もちろん本気だ。

「ありがとう。君にしかできないことがあるから、その時はよろしくね」

予想外の答えに目を丸くする。言葉の綾ではなく、自分にしかできないことなんてあるのだろうか。本当にそれがあるなら知りたい。

いて見えた。

「うーん、でもこれは、僕が言っちゃ駄目なことだから」

「教えてください。気になるじゃないですか」

　いたずらを思いついたような顔で透真が笑う。

「それはまだ秘密」

「え、なんですか」

　テーブルに肘《ひじ》をついた透真が口角を引き上げた。そうすると彼の整った顔立ちがやけに色めいて見えた。

　赤くなった目元を直視すると、変な気持ちになりそうだ。

「兄としては、もうちょっと肩の力を抜いて欲しいんだ。そのためには……司くんが必要なんだよ」

　一体、自分に何ができるのか。聞いても透真ははぐらかすだけで、結局教えては貰えなかった。

　注文した料理を食べ終え、二杯目のグラスを空ける。

「そろそろ出ようか」

「ですね。……ごちそうさまです。いつもすみません」

「どういたしまして」

　会計はいつも透真持ちだ。ごちそうになってばかりと恐縮するが、透真はいいからと受け取ってくれない。

駅の改札口からは別方向に進む。お互いに自宅は同じ路線だけど、この駅からだと反対方向になってしまう。

「じゃあまた明日」

軽く手を上げて去っていく姿に会釈する。仕事が出来て、格好良くて、優しい。あんな人になれたらいいのに。

透真の背中が見えなくなるまで目で追ってから、ホームへの階段を上がる。ちょうど反対側のホームに電車が到着していて、彼の姿は探せなかった。

透真は司の憧れだった。その思いは日増しに強くなり、彼のためならなんでもするという、まるで恋心のような気持ちにまで進んでいる。もっとも、司は誰とも交際した経験がないので、これがただの憧れなのか恋なのかはよく分からない。

この年まですべて未経験なのは、中学から同性ばかりの環境にいたせいだ。異性と接するのは苦手で、今も話す時に緊張してしまう。

反対方向の電車を見送って三分後、ホームにやってきた電車に乗り込む。かなり混雑していた。乗り込むなり襲ってきたむわっと澱んだ空気に耐えつつ、つり革に摑まって携帯で透真にごちそうさまでしたとメールを打つ。

それから確認した受信メールは、どうでもいいような情報ばかりだった。すぐに手持ち無沙汰になる。

　車内はひどく蒸し暑かった。横に立っている男性が酔っているのかふらふらしている。たまにぶつかってくるので困った。他人の体温はあまり得意じゃない。さりげなく避けても男性が寄りかかってきて閉口する。

　十五分後、駅に着くとすぐに電車から降りた。それでもまだ男の体温が肩に残っているようで、いい気分じゃない。

　駅前のコンビニに立ち寄る。最近気に入っているパンと野菜ジュースを明日の朝食用として買った。

　コンビニ前にある小さな公園を抜け、住宅が密集した道路へ進む。数分で自宅が見えてくる。就職を機に引っ越してきた、なんの変哲もない三階建てのアパート。司の住む二階の角部屋は、日当たりがあまり良くないので相場より安かった。家にいる時間が少ないから気にしないで契約し、実際に不便はない。

　ドアを開ける。日当たりが悪くとも熱はこもる。温い空気に眉を寄せつつ、靴を脱いで電気を点けた。それから扇風機とエアコンも。

　室内が冷えるのを待ちつつ、スラックスを脱ぐ。ワイシャツ一枚になってから、飲み物をしまうため冷蔵庫を開けた。中はほぼ空だった。

　大学入学と同時に一人暮らしを始めてからもう七年になるから、一通りの家事はできる。けれど、ここ最近は時間がなくて帰ってきたら寝るだけだった。自炊どころか、部屋を散らかす時間すらなかった。

面倒にならない内に明日の準備をするのは、子供の頃からの習慣だ。すべて終わらせてから、シャワーを浴びる。

すっきりとしてからベッドに横たわった。部屋は適温になっていた。

携帯には透真からメールが入っていた。お疲れさま、また明日という短い文だけど、何度も読み返して頬を緩める。

それにしても、自分にできることってなんだろう。目を閉じて考えても、司にはさっぱり分からなかった。

翌週の金曜日、司は水着の仕分けに追われていた。選手用の水着は消耗品で、最低でも月に二枚は必要だ。アダチでは定期的に、選手の要望に合わせて改良した物を届けることになっている。

選手別の袋詰めが一段落した時、司くん、と呼びかけられた。席を外していた透真が戻って来ていた。

「数に間違いはない？」

透真が段ボールを覗き込む。

「はい。納品書と同じです。一応、それぞれの選手別に袋詰めしておきました」

今日は城東学院大学まで水着を届けに行く予定になっていた。選手数が多いので、あらかじめ分類しておかないと間違えそうだ。

「そこまでしてくれたんだ。ありがとう。荷物も多いから、今日は車で行こう。直帰するからそのつもりで。……じゃあ、もう行ける？」

「はい」

ドア脇にあるホワイトボードに直帰を表すＮＲと文字を書き、ロッカーから鞄とスーツの上着を取り出す。電話は不在モードにしておいた。こうすると部内の誰かが電話に出てくれる。この部署に外部からの電話はあまり多くなく、急ぎの場合は透真か司の携帯に直接連絡が入るようになっていた。

「じゃあ行こうか」

二人分の鞄を透真が持ってくれた。ドアに鍵をかけ、普段出入りするエントランスではなく地下駐車場に向かう。

基本的に車両通勤は理由がない限り認められていないが、透真は交通の不便な場所にある開発研究所や素材メーカーに行くため許可証を取得していた。

見慣れたシルバーのセダンを見つける。落ち着いて上品な印象が透真によく似合っていて、この車を街で見かける度に司は彼を思い出した。

「トランクに載せようか」

透真に言われるまま空のトランクに荷物を載せ、自分は助手席に乗り込む。

「じゃあ行くよ」

「お願いします」

透真の運転はいつも丁寧だ。運転中は性格が荒くなる人もいると思うが、彼はその逆で穏やかになる。

大学の駐車場に車を停め、段ボールを手にプールまで向かった。

温い空間に足を踏み入れる。今日はプールサイドにそれなりの人がいて、話し声が響いていた。ただプールの中には誰の姿もない。

「こんにちは」

透真がコーチに声をかけてくれた。ちょうど練習が終わったようで、すぐ控え室に案内して貰えた。

部屋の中央にあるテーブルに段ボール箱を載せる。挨拶もそこそこに、箱を渡した。

「こちらが女性用で男性用はこちら。各選手別になっています。伝票はこちらになりますので、確認されましたらサインをお願いします」

受け渡しのやりとりはすぐに終わった。

「不具合がありましたらご連絡ください」

「いつもありがとうございます。またわがままを言うかもしれませんが、どうぞよろしくお願いします」

挨拶をしてから控え室を出る。今日の仕事はこれで終わりだ。

「あれ」

胸ポケットから携帯を取り出した透真が軽く眉を寄せた。

「どうかしました?」

「部長から電話が入ってる。……ごめん、ちょっと電話してくるね」

「はい。ここで待っています」

透真は足早にプールから出ていった。

もう練習は終わっているので、プールに選手は一人しかいない。一番手前のレーンで泳いでいるのは、男子学生一人。

あの泳ぎ方はきっと勇真だ。彼はクールダウンを誰もいないプールで行うのが好きだから、今日もそうしているのだろう。

ライトが明るく照らすプールに、規則的な水音が響く。その音と独特のにおいに誘われて、プール際まで歩いて移動した。

濡《ぬ》れていない部分に膝《ひざ》をつく。揺れる水に惹《ひ》かれて、そっと触れてみた。水温は二十六度で、指先だけならかなり冷たくて気持ちいい。この水の中に、勇真は一日に何時間もいるのかと考えると不思議な気がする。

近くで水しぶきが上がり、驚いて体のバランスを崩す。いつの間にかプールに身を乗り出していた。

「うわっ」

落ちる、と思った。奇妙なほどゆっくりと体が傾いていくのが分かって、でもどうにもできない。

頭からプールに飛び込む、その衝撃を覚悟して目を閉じる。何か硬い物に当たった体がその場で弾んだ。

「危ないですよ」

プールの中にいた勇真が司の体を抱きとめていた。司の膝は宙に浮いている。

「……ありがとう」

司を受け止めてもびくともしない、強靱《きょうじん》な体。水泳選手にしては細身に見えたけど、回された腕は太く、背中に触れる体の厚みに驚かされる。

「かなり濡れちゃいましたね」

「あ、うん。でもシャツだけだから」

上半身が濡れただけでよかった。体ごと落ちていたら、スラックスの後ろのポケットに入れた携帯電話も水没して使い物にならなくなるところだった。

「ごめんね。ちょっと考え事してたら、バランスを崩しちゃって」

「気をつけてください」

勇真に助けて貰ってその場に立ち上がる。それを確認してから、勇真もプールから出てきた。

「……司さん」

「何？」

勇真の視線は、司の首筋から胸元に張りついていた。肌に張りつくワイシャツがみっともないのだろうか。脱ぎたいけれど、着替えは持っていなかった。

「こっちに来てください」

勇真に腕を取られた。

「う、うん」

引きずられるようにして向かった先は、プール横にある男性用更衣室だった。

着替えがあるのだろうか。彼の服なら自分には大きすぎるけれど、裸よりはいい。そんなことを思って、更衣室のドアを開けた勇真に続く。

入口にかけられたカーテンをくぐる。更衣室の中へ入ったのは初めてだ。壁際にロッカーが並び、中央にはベンチが二本、並んで置いてあった。プールよりも湿っていて、独特のにおいがする。

「司さん」

目の前に立った勇真が唇を噛んだ。

「ずっと、お話ししたいことがあったんです」

「な、何？」

「俺、……」

勇真は司の腕を強く摑んだ。次の瞬間、いきなり強く抱きしめられていた。濡れた彼の体が密着される感覚に目を白黒させる。

「え、なに、どうしたの？」

一体何が起こっているのか分からず、勇真の顔を見上げる。思いつめた表情の彼が、厚みのある唇を開いた。

「……好きですっ」

隙間《すきま》がないくらい抱きしめられているから、勇真ががたがたと震えているのが分かる。その迫力に司は言葉を失った。

「司さんが好きです。大好きです」

首筋に顔を埋《うず》められる。肌に彼の熱い吐息がかかるのを感じて、我に返った。

「ま、待って」

慌てて彼を引き離そうとするけど、うまくいかない。仕方なく彼の耳に顔を近づける。

「勇真くん、落ち着いて。僕も君も、男だよ……？」

「そんなこと分かってます」

勇真が顔を上げた。瞬きを忘れたかのようにじっと司を見ている彼からは、冗談だという雰囲気がかけらもなかった。

「……好きです」

彼の顔が近づいてくる。

「やめっ……」

制止の言葉を塞《ふさ》ぐように、唇が重ねられる。柔らかくて温かな感触に体が震えた。

司にとって、これが初めてのキスだ。まさかその相手が、勇真になるなんて。

唇全体を舐《な》め回される。息苦しさに眉を寄せた。どうにか逃れようとしたけれど、大きくて力強い体の前ではなす術がない。

「んんっ」

息苦しさから我慢できずに開いた唇に、舌がねじ込まれる。熱く濡れた感触に体が竦む。

「っ……」

これは司が想像していたキスとは違う。貪りつくすような勢いで、吐息まで奪われる。膝が笑って、思わず勇真にしがみついた。それを了承と受け取ったのか、勇真の舌が大胆に口内を行き来する。

他人の舌が、こんな感触だなんて知らなかった。きつく唇を吸われて、頭がくらくらと揺れる。

なんでいきなりキスをされているのか。考えようにも、頭の中まで勇真にかき回されてしまって、呼吸をするのが精一杯だ。

濡れて張りついたシャツの上から、胸元をまさぐられた。荒い息遣いに意識が飲まれる。首を揺らしてやっと唇が離れたと思ったら、今度はうなじに噛みつかれた。

「勇真くん、やめっ……」

彼の勢いが怖い。がちがちに強張った体を強く抱きしめられ、再び唇が重ねられる。噛みつくように歯を立てられて、指先にまで震えが走った。

「んっ……」

更衣室のドアが開く音が聞こえ、目を見開いた。この状態を誰かに見られたらまずい。勇真の力がわずかに緩んだその隙に、彼を突き飛ばす。

「……何してるの」

ドアの前には透真が立っていた。彼はわずかに眉を寄せ、後ろ手でドアを閉める。

全身から血が引いていく。まずい。透真に見られてしまった。どうやってこの場を説明しよう。男同士でキスなんて……。

「ち、違うんです。これは、その……」

勢いに飲まれたとはいえ、勇真とキスをしてしまった。その言い訳を考えていると、透真が口を開いた。

「そんなに濡れて、どうしちゃったのかな」

透真が問いかけた先は、司ではなく勇真だった。

「司さんがプールに落ちそうになったから助けた」

「へぇ。それでここに連れ込んだの？　一人で抜け駆けはしない約束だったのに？」

いつになく冷たい透真の声に怯《おび》え、司は体を丸めた。

「……ごめん」

勇真が項垂《うなだ》れる。

「しょうがないな。まあいいけどね。どうせ今夜、司くんをかわいがるつもりだったから」

「主任……」

にこやかな笑顔と共に告げられた内容が信じられなくて、呆然《ぼうぜん》と透真を見上げた。

「そんなに驚かないで欲しいな」

透真が更衣室に鍵をかけた。その小さな音が室内に響くほど、誰も何も言わない。

ゆっくりとこちらに近づいてきた透真は、司の前で屈《かが》み込む。

「僕たちの気持ちに気がついてなかった？」

「気持ちって……」

なんのことなのか見当すらつかなかった。自分の身に起きていることが信じられず、透真と勇真を交互に見やる。

「僕も勇真も、君が好きなんだ」

「……え？」

好き。そうだ、勇真はそう言った。……そして、透真も……？

これはどういう意味だろう。混乱した頭がうまく働いてくれない。

「全く気がついてないんだね。司くんって、結構鈍いのかな」

「あ、あの……」

透真の指が顎《あご》にかかる。自分を見つめるその整った顔立ちは、まるで知らない人のように見えた。

「そんなに怯えないで」

彼の手が耳からうなじを撫《な》で下ろす。優しい手つきに視界が揺れる。

憧れてきた先輩が、自分を好きだと言ってくれた。――これは夢なのだろうか。

「シャツが濡れてると、気持ち悪いよね。脱いじゃおうか」

透真はシャツのボタンに指をかけた。

「……えっ」

シャツのボタンを静かに外され、やっとこれが現実だと気づいた。こんな場所で服を脱がされるなんて、司の常識ではありえないことだ。

「ま、待ってくださいっ……」

脱がされかけてやっと抵抗を始めた司を、後ろに回った勇真が抱きしめてきた。後ろに強く引かれて足がもつれ、そのままベンチに座らされる。

破きそうな勢いでシャツの前を開かれ、肩まで露わになった。

「色が白いよね。肌も吸いつくような感じ。ますます好み」

司の体を撫で回しながら、透真がうっとりと囁《ささや》いた。

「あれ、乳首……陥没《かんぼつ》してるの？」

透真の指が不意に止まる。確認するような手つきで色づいた部分をくすぐられた。

「陥没？」

透真の声に引き寄せられるようにして、勇真が後ろから胸元を覗き込む。薄く色づいたそこには突起がない。内側に向けて線のような窪《くぼ》みがあるだけだ。

「そう。ほら、乳首がないでしょ」

透真が司の胸元を指す。

「本当だ……」

勇真が息を飲む音が、耳のすぐそばで聞こえていたたまれなくなった。二人の視線に肌が粟《あわ》立《だ》ち、乳首の周辺がきゅんと硬くなる。

そうすると少しずつ、内側に埋まっていたものが顔を出していく。それを見た透真が頬を緩めた。

「あ、顔を出してくれたよ。仮性みたいだね。弄《いじ》ってあげると治るかも」

透真はそう言って、両側を同時に指でくびり出した。

「ひっ」

鈍い痛みと共に、普段は埋もれている乳首が完全に顔を出す。外気に震えるそこに息を吹きかけられるだけで、もじもじと腰が動いてしまった。

「……あれ、ここもちょっと張ってる」

透真の指が胸の下で止まる。そこには小さな突起があった。触るとそこだけ硬いからすぐ分かる。

「ほくろかと思ったけど、違うね。これは乳首だ」

「……乳首?」

そんな馬鹿なと顔を下に向ける。乳首の十センチほど下にある、薄いピンク色の突起。ほくろのようなものだと認識していたこれが、乳首……?

頭に浮かんだ疑問が伝わったのか、透真が頷いた。彼は司の脇から下腹部を人差し指で撫でていく。

「副乳というんだよ。脇から乳首を通って、この下あたりまである人がいる。君には乳首が四ヵ所あるみたいだね。今まで気づかなかったの?」

「そんな、動物みたいな……」

副乳と呼ばれたものを見つめる。これが乳首? この体は普通じゃないのか……?

「どうしてそんな傷ついた顔をするの? こうして二人にかわいがられるためにある体なのに。君は本当に素晴らしいよ」

「えっ……」

透真が顔を寄せたのは、本来の位置にある乳首ではなかった。その下にある副乳だ。

舌でそろりと舐められる。くすぐったさに体をよじった。

「やめっ……」

異様な感覚に鳥肌が立つ。

「ちょっと感覚が鈍いのかな? それでも硬くなってきてる。ピンクでかわいい」

突起を指で摘《つ》まれた。鈍い痛みに眉を寄せると、ごめん、と透真が笑う。

「優しく触ってあげるね。……こっち、吸ってもいい?」

透真が副乳を揉みながら、乳首に口づけてきた。軽く吸われた瞬間、ずきんと腰に痺《しび》れが走る。

「な、何……?」

今まで意識したことがない場所から沸き上がる、快楽と呼ぶには強烈な感覚に目を見開く。戸惑うまま透真に視線を向ける。彼は甘ったるい笑みを浮かべていた。

「乳首で感じてる。かわいいね。……勇真、きつそうだから脱がせてあげて」

透真に声をかけられ、司の肩に頭を載せていた勇真が弾かれたように顔を上げる。

「そ、そうだな」

「やっ……」

勇真は荒っぽい手つきで、司の下着をスラックスと共に脱がせた。その勢いで脱げたサンダルが床に転がる。透真は胸元を弄りながら、片手で器用にシャツを脱がせてしまう。

更衣室のベンチで、全裸にされる。異常な状況に喉が干上《ひあ》がった。

「ん？　ここ、剝《む》けてないの？」

透真の指が、形を変え始めていた司の性器に触れる。

「見ないで、ください……」

まだ完全に露出していない先端に、気がつかれてしまった。羞恥《しゅうち》に身を縮め、閉じようとした足を透真が押さえた。

「気にすることないのに。勃ったらちゃんと剝けるのかな？　それだと別に珍しくないよ。僕はどっちも好きだけど」

「……あ、やっ……！」

司の性器に触れた透真は、優しい手つきでそれを弄りだした。敏感な先端を手のひらで包み、先端を露出させるように親指を滑らせる。

他人の温もりを知らない屹立《きつりつ》は、触れられるだけであっという間に大きくなった。そっと包皮を剝き下ろした透真は満足気に頷き、そこへ顔を近づける。

「ちゃんと出たね。おいしそうな色。ふふ、しゃぶってあげたいな」

どうしてこんなに透真は楽しそうなのだろう。憧れてきた人が見せる知らない顔が恐ろしい。

「透真、俺もう出そう……」

切羽詰《せっぱつ》まった顔をした勇真が、透真の横に立つ。彼は躊躇いもなく水着とサポーターを押し下げ、昂《たか》ぶりを露わにした。

「ひっ……」

引き締まった腹筋につきそうなほど昂ったそれを目の当《ま》たりにする。自分のそれとはあまりに違う大きさと形に、瞬きを忘れて見入った。

「じゃあ司くんにご挨拶しなよ」

「……分かった」

透真と位置を入れ替えた勇真は、昂ぶりを司のそれに押し当てた。形を教えるように全体を擦《こす》りつけられる。

「え……」

手とは違う熱さと硬さに目眩《めまい》がした。そのまま勇真はベンチに片膝を乗り上げてきた。荒い息遣いが分かる。何度も名前を呼ばれる内に、こっちまで息苦しくなってしまう。のけぞって逃げたら、ベンチから落ちそうになってしまった。

「……危ないよ」

後ろに回った透真が、司の両肩に手を置いた。

先端の段差までが分かるくらいに性器を密着させた状態で、勇真の大きな手に包まれる。

「やだっ……なに、これっ……」

自分の手でするのとは全く違う感覚に混乱し、逃げようとした。だけど透真が肩を押さえているから、うまく動けない。

「ここも勃ってるね」

「……違っ、揉まないでくださいっ……」

顔を出していた乳首を透真に強く擦られて、背がしなる。そうすると後頭部が、透真の胸元に当たった。眼鏡がずれて視界が歪《ゆが》む。

「すげぇ、司さんの、濡れまくってる……」

勇真は先端を擦る手を休めずに呟く。彼の言う通り、司の欲望は既に蜜《みつ》を溢《あふ》れさせていた。質量も増している。それでも勇真のものとはかなり大きさに差があって恥ずかしい。

「っ……出るっ……」

勇真の体がぶるりと震えた。次の瞬間、昂ぶりが熱いもので濡らされる。

「あ、……うそっ……」

浴びせられた熱さに驚き、呆然と勇真を見つめる。彼は悩ましげに眉を寄せながら、短い呼吸を繰り返していた。

歪む視界の中、ベンチに圧《の》し掛かっていた勇真が体を起こす。

「はぁっ……」

体に力が入らない。そのままずるずると床に崩れ落ち、足を投げ出したまま目を閉じる。

一体何が自分の身に起きたのか、理解できない。プールに落ちそうになったところを、勇真に助けてもらった。それからどうしてこんなことになっているのだろう……。

呆然としていた司を現実に引き戻したのは、シャッター音だった。弾かれたように体を起こす。いつの間にか、透真が司の正面でデジタルカメラを構えていた。

「やめ……て、くださ……いっ……」

勇真の白濁に汚れた体を隠す。性器は今にも達しそうに昂ったままだ。こんな格好を撮られたらたまらない。

「記念撮影だよ。司くんのかわいいところは全部、撮っておこうと思って」

透真はそれが当然とばかりに言い放って、シャッターを押し続ける。

「すごくいい表情だよ。ほら、勇真。司くんをいかせてあげないと」

「……分かってる」

目をぎらつかせた勇真が近づいてくる。逃げようと引いたものの、背中がベンチに当たって行き場がない。

「や、僕はいい、から……」

大きな手が昂ぶりを包む。根元から先端までを乱暴に扱《しご》かれて、眉を寄せた。

「いっ……た……」

「もっと優しくしてあげて」

「……これくらいか？」

欲望を扱く勇真の手から力が抜けた。輪にした指が上下し、昂ぶりから快感を引き出していく。

気がつくと腰を突き上げるように揺らしていた。二人の前だというのに、恥ずかしげもなく喘《あえ》いだ。そうせずにはいられなかった。

「あっ……！　離してっ……！」

絶頂の予感に震えながら、勇真の体を押しのけようとした。だがどんなに暴れても、勇真はびくともしない。司を刺激する指の動きが速くなるばかりだ。

「……っ……や、いくっ……」

快感から逃れきれず、勇真の手に熱を吐き出す。気持ちよすぎて息が止まる。断続的に腰を突き上げた後、全身が弛緩《しかん》した。

「イク瞬間の君の顔、すごくいやらしくてかわいかったよ。見る？」

ほら、と向けられたデジタルカメラから顔を背《そむ》け、俯いて歯を食いしばる。達した直後に戻ってきた理性が惨《みじ》めさを嘆き、視界を潤《うる》ませた。

「すごいっ……」

勇真が息を飲む音が聞こえてくる。彼はまだ満たされていないのだと、その発情した気配から伝わってきた。

「ストップ。さすがにここでこれ以上は無理。それに初めてがこんな場所じゃ可哀想だ」

透真の声に顔を上げる。何も言えずにその場で固まっていると、そっと髪を撫でられ、眼鏡の位置を直された。

「……司くん、起きられるかな？　一緒に帰ろうね」

普段と同じ、優しい笑顔が怖かった。目の前にいるのは、憧れていた先輩と同じ顔をした別人だ。

「勇真、すぐに準備して」

「分かった」

勇真は汚れた手と下半身をタオルで拭い、立ち上がる。

「司くんは僕が綺麗にしてあげる」

透真がタオルを手に微笑みかけてきた。その笑みに怯えて、体を縮める。

「や……いい、です……」

一人で出来ると抵抗しても、透真は有無を言わさず司の体を拭《ふ》いていく。

聞きたいことはいっぱいあるのに、断片的な単語が飛び散りすぎて、何ひとつうまく口にできそうにない。頭が混乱している。

「はい、じゃあこれを着て」

下着とスラックスを身につけた後、素肌の上に、会社のジャンパーを羽織らされた。

「シャツは乾いてないから、これでいいよね。ちょっと蒸れるかもしれないけど、うちに帰るまでだからね」

「うちって……？」

透真の口調からして、このまま帰してくれるというわけではなさそうだ。

「そう。僕らの家に招待するよ」

「い、いやです。自分の部屋に帰ります」

この状態で彼らの家になんて連れていかれたら、何をされるか分からない。上半身が心許《こころもと》ないけれどそれくらい我慢する。

「じゃあどうやって帰る？」

透真が視線を自分の後ろに向けた。そこには司の鞄と上着が置いてある。

財布に携帯、家の鍵。いつの間にか持ち物すべてが彼の近くにあると気がついて愕然《がくぜん》とした。このままで放り出されたら困る。

「それは……」

口ごもった司の目に入ってきたのは、透真が持っているデジタルカメラだった。

透真の手元には、司が射精した直後を収めた写真がある。もしあんな恥ずかしい写真を誰かに見せられたら……。

実家の両親に妹、会社。そして数少ない友人。——誰にも知られたくない。

「この写真、デスクトップの壁紙にしてもいいかな」

司の恐れを見抜いたのか、透真はデジタルカメラを軽く振ってみせる。

「……主任……、なんでこんなこと……」

やっと聞きたかった言葉のひとつを口にする。

「ん？　まだ分からないの？　好きだからだよ」

屈んだ透真は、司の唇にそっと触れた。

「……好き？」

「そう。ずっと君のことが好き」

蕩《とろ》けそうに甘い表情が、こんなに怖いなんて知らなかった。両手で顔を覆う。これはきっと悪い夢だ。誰かそう言って起こしてくれないか。

「どうして僕の目を見てくれないの？」

不思議そうな声と共に、両手を外された。ちょうどその時、大学のジャージ姿の勇真がスポーツバッグを手に戻ってくるのが見えた。

「早かったね。じゃあ行こうか、司くん」

「……行きましょう」

勇真の静かな迫力に押され、司はよろよろと立ち上がった。シャワーを浴びたのか、勇真からはボディーソープらしき香りがした。

司の荷物は透真が持った。二人に前後を塞がれ、そのまま体育館を後にする。

透真の車の後ろに乗せられた。逃げようにも、隣に勇真が乗り込んできて、腕を押さえられる。彼は何かに怒っているように厳しい表情をしていた。

「まっすぐ家に帰るからね。……今夜は素敵なことになりそうだなぁ」

透真が一人で喋《しゃべ》っている。勇真は時々、面倒そうに相槌《あいづち》を打つ。司は黙ったまま、目を閉じていた。

これから何が起こるのか想像もしたくない。

ここに車で来た時は、こんなことになるなんて思ってもいなかった。まさか勇真の手にあんな、……。

思い出しただけで消え入りたくなるような恥ずかしさに襲われる。横に座る彼の体温を感じたくなくて、ただ身を縮めていた。

足立家は閑静な住宅街の一角にあった。塀に囲まれた三階建ての、豪邸と呼ぶべき建物だ。本社とは車で約二十分の距離にある。

門の前までは来たことがあるけれど、中に入るのは初めてだった。透真と勇真に挟まれるようにして、吹き抜けの広い玄関ホールの横にある階段を上がる。

有無を言わさず三階まで連れていかれた。

「ここが僕の部屋。どうぞ」

白いドアを透真が開けた。

不思議な部屋だった。壁際に大型テレビと周辺機器、パソコンがずらりと並んでいる。窓際には枠のないダブルベッド。清潔だが飾り気は全くない。人が生活しているというより、仕事をしているような空間だった。

「さて」

透真は司の荷物を部屋の隅に置いた。

「暑かったでしょ。もう脱いでいいよ」

彼の手が司のジャンパーにかかる。

「あの、何か服を貸してください……」

先に脱がされないようにと、前のジッパーを手で押さえた。

「後でね。今は全部脱ぐから、いらないよ」

透真はまるでそれが当然とばかりに言い切り、司の頬をそっと撫でる。

「脱ぐ……？」

「そうだよ。……それとも、司くんは服を着たままするのが好き？」

なんのことなのか、すぐに分からなかった。そのせいで抵抗が遅れたのだと思う。気がつけば後ろに立っていた勇真に社名入りのジャンパーを脱がされ、透真にベルトを外されていた。

「ゆっくりかわいがってあげるね」

下着の中に透真の手が入ってくる。性器に指先がねっとりと絡みつき、息を飲む。

「……うそ……」

「司さんっ」

勇真が後ろから強く抱きしめてきて、司の名前を呼んだ。まるでそうしないと死んでしまうかのような勢いと共に、うなじに噛みつかれた。

「嘘じゃないよ。ほら、下も脱ごうね」

下着とスラックスを脱がされる。足元に布がたまる。右足を持ち上げられそうになって反射的に踏ん張ったものの、勇真に持ち上げられてしまった。

「……はい、今度は左足。そう、よくできたね」

透真はまるで子供を相手にするような口調で、片足ずつ服を脱がしていく。

一糸まとわぬ姿にされた司に、二人の視線が絡む。明るい室内、一人だけ裸で立たされる。

恥ずかしさで息が出来ない。滲んだ汗が肌を滑っていく。

同じ男だというのに、どうして透真も勇真も、熱のこもった眼差しを向けてくるのだろう。

貧弱な体を隠そうとした手を、透真にとられた。そのまま強引に引っ張られる。

「ベッドに行こうね」

「え、っと……」

勇真が背中を押す。そのまま部屋の窓側にあるダブルベッドへ押し倒された。

「あの、これは……」

右に透真、左に勇真が腰掛ける。ダブルベッドが三人では狭く感じた。

「色々と用意しておいてよかったよ」

透真はベッド横にある棚の引き出しを開けた。彼がまず取り出したのは、ピンク色の怪しげなボトル。ラブという文字に目を逸《そ》らす。それを何に使うのかは考えたくもなかった。まずい状況だ。このままだと、更衣室の続きをされてしまう。

「……これ、どうするんだ」

勇真がボトルを手に取る。

「司くんの体をかわいがってあげるのに使うんだよ。勇真、足を持って広げて」

「分かった」

勇真の大きな手が太ももにかかる。反射的に足に力が入った。

「……やめ……勇真くん、やっぱりこういうのはよくないよ。やめよう……？」

開脚を拒んで足をばたつかせても、勇真に簡単に封じられてしまう。体格と力に明らかな差があった。

少しでも隠せないかと太ももを寄せる。それに気がついた透真が、右膝を押さえた。

「さあ、全部見せてね。司くんのかわいいところ」

「ひゃっ……」

耳の内側を舐められた瞬間、体から力が抜けた。二人にされるがまま、足を大きく開かされる。恥ずかしい部分が丸見えになった。

「すごいね、つるつる。吸いつくみたいで綺麗な肌だ」

しっとりと湿った手で太ももの内側を撫でられ、全身の毛穴が逆立つ。

変化のない欲望を軽く持ち上げられ、信じられない場所まで指が伸びてきた。

「っ……そんなとこっ……汚いっ……」

透真が触れたのは、司の後孔だった。そんなところを他人に晒《さら》したのも、触られたのも初めてだ。

「汚い？　そんなことないよ」

透真がくすくすと笑いながら、指で窄《すぼ》まりの表面を撫でる。寄せられた皺《しわ》を伸ばすような手つきに肌が粟立つ。

「勇真、ローション開けて、僕の手のひらに出して」

「……あ、ああ」

じっとこちらを見ていた勇真が、急いでボトルを開けて透真の手のひらに向けて傾けた。その間も視線は司をとらえている。

「最初は冷たいから、手で馴染ませてね。それから、こうやって……ほら」

「……あふっ」

二人の手が離れた隙に逃げようとした体を、その場に押さえ込まれる。露わにされた最奥《さいおう》へ濡れた指が触れ、優しく揉みほぐす。

後孔から強ばりが抜けた時、表面を撫でていた指が中へと入ってきた。

「……え、指っ……」

すぐにそこが拒むように窄まる。濡れた指は、締めつけを楽しむように小刻みな出入りを繰り返した。

「まずは一本、ね。痛くないよね？　もう一本、入れちゃおうか」

「え、やだっ……」

とっさにシーツを摑《つか》む。衝撃に備える体に、もう一本、指が入ってきた。

「勇真、お前がずっと見たかったのはここでしょ。ほら、じっくり覗いてみな」

二本の指が、狭い窄まりを押し広げる。

「ひっ」

「すごい、ピンクだ……」

足の付け根に荒い息がかかる。今にも飛びかかってきそうな勇真の気配に、司は唇を噛みしめた。

本来ならば誰にも見られるはずのない場所を、じっくりと観察される。こんな辱《はずかし》めに耐えられないと心が悲鳴を上げた。

「……見ない、で……」

声が震えた。だけど二人は司の弱々しい抵抗を無視して、そこを弄り続ける。

「中まで濡らすんだよ。たっぷりとね」

二人が何を考えているのか、鈍い司にも分かってきた。彼らはそこを犯すべく、解《ほぐ》しているのだ。

そういった形の性行為があることは知っている。でもそんなの、淡泊な自分には無関係だと思っていた。

「いやっ……」

二本の指でかき回された窄まりが、くちゅっと水音を立てる。

「勇真も指、入れてごらん。ちゃんと濡らしてね」

「……これくらいでいいか」

太い指が窄まりに埋められる。狭いそこを内側から広げられ、じっとしていられない違和感に襲われた。身をよじっても逃げられない。

「いや、もっと。奥まで濡らしてあげて」

指を引き抜かれ、ローションを注ぎ込まれる。変化していなかった性器を、透真の濡れた指が包んだ。

「あっ……」

ぬめる感覚が気持ちよくて、思わず声が出た。一気に下肢へ血液が集中していく。

「いいんだよ、たっぷり感じて」

指が進む度に、性器への刺激が与えられる。痛みと違和感と快感を混ぜられて、神経が混乱をきたした。

包皮を撫で下ろされ、先端が露出する。刺激に弱いそこは、濡れた指で触れられるだけで質量を増した。

「はぁ……」

なんだろう、これ。気持ちいいはずがないのに、指が出入りする度に腰が揺れてしまう。口から出るのも、まるで喘いでいるみたいな声だ。

「ここに直接、ローション入れるぞ」

勇真が上擦《うわず》った声を上げた。

押し広げられた窄まりに、人工的な液体が注ぎ込まれる。潤いが足され、少しずつ窄まりが柔らかくなっていた。

「とろとろになってきたね。……あとは、この辺を触って」

「ああっ……！」

わずかな隆起に透真の指が触れた瞬間、体に電流が流れたみたいに飛び上がった。びりびりとした痺れに身をくねらせる。性器から体液が溢れ、下生えを濡らした。半開きの唇からは唾液が零れ落ちる。

「何、これっ……」

「ここが司くんのいいところだね。勇真、ほら覚えて」

透真が勇真の指をそこへ導いた。硬い指先が無遠慮にその部分を押した瞬間。全身がその場で波打つ。

「あ、あっ……だめぇぇっ」

達したのかと錯覚するような強烈な感覚に体をその場でバウンドさせた。

「ここ、いいんですか?」

勇真が隆起をぐりぐりと擦る。目の前が白く光ったみたいになり、司は小刻みに震えたまま口角から唾液を零した。

「お尻で感じるみたいだね。よかった、すぐ楽しめるようになるよ。じゃあ勇真、もっと気持ちよくさせてあげて」

指が引き抜かれる。うつろな視界の中、ベッドの中央まで引きずり上げられた。

「俺からでいいのか」

司を組み敷いた勇真が、振り返って透真に了承をとった。

何故それを、司ではなく透真に確認するのか。自分の意思は無視するのかと声を上げたくても、喉が干上がっていてうまく言葉が紡げなかった。

透真も勇真もおかしい。いや、そもそもこの部屋で行われていることは、全てがおかしい。だけど止められない。

「もちろん。処女と童貞の初体験をこんな特等席で見られる機会はないからね。しかも二人とも僕の大切な人だなんて、夢みたいだ」

笑顔でそんなことを言われて、はいそうですかと頷けるはずがなかった。勇真も驚いたように固まっている。

今が最後のチャンスだと思った。圧し掛かっている勇真の腕を掴む。

「ね、勇真くん。こんなの駄目だよ、やめよう……」

司は必死で声を絞り出す。震える声を耳にした勇真の体が、びくりと震えた。彼はまだ迷っている。説得すれば、こんなことやめてくれるかもしれない。

「司さん、俺……」

目が合う。欲望と理性を同居させたその瞳に、やめようと訴える。

勇真は迷っていた。もう一息だと思って唇を開きかけた、その時だった。

「次はないんだよ、勇真」

透真の声に、勇真が瞬いた。

「……次は、ない……？」

「そうだよ。このチャンスを逃したら、もう司くんは勇真と二人きりにはなってくれないだろうね。それでもいいのかな？」

シーツに手をついた勇真が唇を噛み、視線を外した。

「勇真くん、僕は……」

こんな時、なんて言えばいいのだろう。頭がうまく回らずにいる司の手を、勇真が摑んだ。

「司さん。……俺、司さんを抱きたい」

まっすぐな言葉と共に向けられる、欲情した眼差し。勇真は見たことがないような、獰猛《どうもう》な顔をしていた。決して獲物を逃がさないと、全身を漲《みなぎ》らせている。こんな彼は知らない。食われる恐怖に体を震わせる。

「じゃあ僕はここで見学させてもらうよ」

透真がベッドの隅に腰掛け、嬉々とした様子でベッド横にカメラをセットし始める。レンズは司に向けられた。

「これでいいかな。じゃあ、いつ挿入してもいいよ」

「こんなの……なんで撮るんですか……！　いい加減にしてくださいっ」

カメラを向けている透真に訴えると、彼は怪訝《けげん》な顔をした。

「ん？　記念撮影はいや？」

「いやです。……こんなことされて、しかも写真なんて……」

犯されるのとはまた別の恐怖に頭を打ち振る。こんな姿を撮られて、もし誰かに見られたらどうなるのか。考えただけで血の気が引く。

「安心して、写真は撮ってない。録画してるだけ」

「同じじゃないですか！」

乱れた呼吸で叫び、必死で睨《にら》みつける。

「やめてくださいっ、……変態っ」

思わず口をついたのは、透真を罵《ののし》る台詞《せりふ》。……のはずだった。

「うん、そうだよ」

だけど透真は笑顔で頷く。こんなにすがすがしい返事があるとは予想もしていなくて、続く言葉が見つけられない。

「でも何も問題はないよね」

透真はにっこりと笑って、司の下肢《かし》に手を伸ばしていた。

「だって君も、充分に変態だから」

「……あっ」

人差し指で撫でられた昂ぶりが、ぴくっと震える。

「男二人に弄ばれて、こんな風に勃起してるんだよ？　しかもお尻を弄られて、いやらしくひくつかせて。ああ、先っぽから蜜をたっぷり零してる。もう濡れ濡れだ」

「……や、……やめてくださいっ」

先端の窪みを親指で擦られ、また新しい蜜が溢れた。

「どんなに叫んでも、誰もここには入って来ないよ。さあ、勇真。司くんに挿入してあげて。お口をぱくぱくさせて待ってるから」

「……こんな小さなところに、入るのか……」

勇真の視線が後孔に注がれる。そこは司の意思を無視し、透真が言うようにはしたなくひくついていた。

「慣らしたから大丈夫。怖くないよ」

「……分かった」

覚悟を決めたのか、勇真はひどく真面目な顔をして、手早く服を脱いだ。衣類を床に投げ捨てて、にじり寄ってくる。

彼の水着姿は見慣れている。だけど今目の前にある体は、まるで別人のようにひどく艶《なま》めかしく見えた。

「一応、ローションで濡らしてね」

「……ああ」

勇真が腹につくほど勃ち上がった性器をローションで濡らす。自分の目の前で行われるその行為を直視できず、目を閉じた。

手足は押さえられていない。だけど逃げられるとは思えなかった。もし逃げられたとしても、さっき撮られた写真がある。

絶望に冷えた体に、勇真が覆いかぶさってくる。両足を持ち上げられ、腰が浮いた。

後孔に、硬いものが宛がわれる。

「勇真くん、こんなこと……あ、ひっ……やめっ……！」

懇願《こんがん》も虚しく、すっかり蕩けていた窄まりは先端を迎え入れ、喜ぶように吸いついた。

「やっ……やだっ……！」

こじ開けて入ってくるものの太さに驚いて、全身が丸まった。強張る体を勇真がベッドに押さえつける。引き締まった肌が密着し、汗を呼んだ。

「司さんっ……」

ぐっと強く腰を突き入れられた。焼けた棒で貫かれたみたいな衝撃に、口を開けては閉じる。

「いたっ……」

ありえないくらいに最奥が広げられていく。指より太いそれの形を確認するように、内襞《うちひだ》が収縮した。

「っ……きつい……」

勇真が唸《うな》り、彼の性器が体内で脈打った。

自分の中に、他の人間がいる。それを実感した瞬間、急に怖くなった。

「やだやだっ」

身をよじって必死に逃げようとした。だが勇真に圧し掛かられ、動きを封じられる。彼は獲物をとらえた獣のように獰猛な目をしていた。

ここにいるのは、自分が知っている勇真ではなく、欲情した雄だ。

「……やめっ……」

そのまま強引に、奥まで埋められていく。粘膜を擦る硬い感触に眉を寄せた。

「ううっ……」

一体、どこまで入ってくるのだろう。シーツをぎゅっと摑み、苦痛を逃がそうと試みる。息をするタイミングも分からなかった。

「……入った……すげぇ……」

勇真が口を開くと、繋《つな》がった部分まで振動がくる。

「やっ……喋らないで……」

「なんで？」

シーツを握っていた手が解かれ、勇真に握られた。

「俺、すげぇ嬉しい。司さんのこと、ずっとこうしたかった……」

「あっ……」

勇真が腰を引く。再びゆっくりと入ってきた欲望が、粘膜を刺激する。その繰り返しが、知らない熱を呼ぶ。

違う。こんなことで感じてない。否定しても息が乱れ、勇真のリズムに合わせてぎこちなく腰が揺れる。やがて抽挿《ちゅうそう》が生みだす甘い痺れは、全身へと広がっていく。

「っ……あ、……！」

指で弄られた時に感じた場所を抉《えぐ》られてのけぞる。

「ここ、……いいの？」

勇真が息を乱しながら、同じ場所を穿《うが》つ。

「ほら、乳首を吸ったり撫でたりしてあげて」

透真の声がすぐ近くに聞こえ、目を開けた。カメラを構えた透真が笑いかけてくるのが、潤んだ視界でも分かった。

「司くんは感じててね」

「……」

勇真が無言で顔を胸元に埋めた。内側で硬くなり始めていた乳首を強く吸われ、突起が表面へと飛び出す。

「……あっ……そこ、だめっ……」

乳首を舌で転がされ、副乳を指で弄られる。少しでも逃げようとすれば、勇真に引き戻された。

「やっ……やめっ、……」

入口にひっかかった段差の部分が、中の粘膜を引きずり出しそうで怖い。

必死で勇真の体にしがみつく。そうすると昂ぶりが彼の硬い筋肉に擦れて、予想していなかった快楽をもたらした。後孔が吸いつくようにうねる。

「っ……もう、やばいっ……」

勇真の体がぶるりと震えたのが伝わってきた。

「そのまま中に出してあげて」

透真が勇真の耳元に囁く。中に出す。その言葉で何をされるか悟ったけれど、こんなに深いところで体を繋げていたら、逃げられない。

「好きって気持ちが伝わるくらい、たっぷりとね」

「……分かった」

勇真の表情が変わる。彼はふぅ、と息を吐いてから顔を近づけてきた。

「司さんっ」

唇を押しつけるようなキスと共に、勇真が乱暴に突き上げてくる。その勢いに振り回されて、司も体を揺らした。

肌の内側まで、ぴりぴりと痺れる。これが快感なのか、それとも別の何かなのか。判断できる理性なんてなかった。

「いくっ……司さんの、中でっ……」

勇真は荒い息のまま、腰を振る速度を上げた。繋がった手に力がこもる。彼の気持ちが伝わってくるようで、司も無意識の内に握り返していた。

「うっ……」

体の奥に、熱い体液がたっぷりと放たれる。その衝撃に押し出されるようにして、司もまた絶頂を迎えていた。

「ふぁぁっ……！」

下半身の感覚が無くなるような、強烈な感覚に包まれる。呻《うめ》きながら司は体液を放った。快楽の証が次から次へと湧き出てくる。

自分の意志とは関係のないところで、極めてしまった。その余韻は凄《すさ》まじく、指先まで痺れて動けない。

「くっ……」

荒い息の勇真が、司から体を離した。ずぷりと音を立てて欲望が引き抜かれる。さっきまで満たされていた窄まりは、空虚さを訴えるように収縮した。

「次は僕の番だね」

透真の弾んだ声に顔を上げる。彼は既に服を脱いでいた。

「……ひっ……」

初めて目にした彼の性器は、勇真のそれと同じく大きかった。優しげなその外見にそぐわぬ逞《たくま》しさだ。

勇真と場所を入れ替えた透真が、顔を寄せてきた。

「勇真にたっぷり出してもらえて、気持ち良かった？」

頬を撫でながら、透真は司の目を覗き込む。

ずっと憧れた人。彼のようになりたいと願い、働いてきた。それが幸せだった。恋心にも似た淡い感情を抱いていたのに、それがこんな形で砕かれるなんて。

唇を噛んだ司に、透真が顔を寄せる。

「僕も感じさせてあげるからね。……挿れるよ」

「あっ……」

勇真を受けいれたばかりのそこは、透真の昂ぶりを拒まない。圧迫感はあるものの、痛みはなかった。

「もっと入らせて。……そう、もっと奥までね」

さっきよりも奥まで擦られる。透真の性器は勇真のそれより長いのだと気がついて、司はいたたまれない気持ちになった。そんなこと、この体で感じ取る必要なんてないのに。

「いっぱい出したんだね。勇真の精液で司くんのお尻はぐちゃぐちゃだ」

ほら、と透真が勇真の放った体液を泡立てるように腰を回した。自分の体の奥から響くはしたない水音に頬が熱くなる。

「ここも、吸って欲しいって顔を出してるよ」

「……や……吸うの、だ、めぇ……」

透真が右の乳首を舐めた。背筋を貫く甘い痺れにのけぞる。

「お尻を奥までぐりぐりされて、乳首を舐められて、感じちゃうんだね。……かわいい」

「や、……も、やめっ……」

透真が触れたところすべてが熱を持つ。達したばかりなのに、もう欲望は力を取り戻していて泣きたくなる。自分の体がこんなにいやらしいなんて信じられない。

「すごいよ……きつく締めつけてくる……」

透真がうっとりとした声を上げた。

「司くんのお尻は気持ちいい……」

「……ひゃっ……」

くちゅくちゅと水音を立ててかき回された窄まりは、いつしか透真の動きに呼応するように収縮を始めていた。触れられてもいない昂ぶりからどっと蜜が溢れて、下腹部を濡らす。

「ずっとこうしたかったんだよ」

膝裏に手がかかり、体を折り畳まれる。肩に体重がかかるくらいまで腰を持ち上げられたきつい体勢で奥まで暴かれた。

脳まで貫くような衝撃に、目も口も閉じられなくなる。

「司さん……」

頬を紅潮させた勇真が、胸元に手を伸ばしてきた。

「ここも硬いっ……」

「くっ……痛っ……」

乳首の周辺を強く摘まれ、痛みに眉を寄せる。

「優しく舐めてあげて」

透真に言われて、勇真は瞬きもせずに頷き、そこへ唇を寄せた。

「あぁっ……」

　乳首は一度吸いだされていたものの、また戻ろうとしていた。それを熱心に吸われ、舌先であやされると、また硬く尖《とが》っていく。刺激に弱いそこは、軽く歯を当てられるだけで息が止まるような痺れを呼んだ。

　露出した乳首を舐めしゃぶられながら副乳を指の腹で擦られ、涙が滲む。気持ちいいのかどうかよく分からない。とにかくじっとしていられないのだけは確かで、左右に体をよじる。そのせいで眼鏡がずれた。

「もっ……許してっ……」

「泣かないで、司くん」

　透真が優しい手つきで、司の汗で張りついた前髪をかきあげた。慈《いつく》しむような眼差しを向けられ、ほっとしたのは一瞬だけ。

「君が泣くと、僕が興奮しちゃうから。離してあげられなくなっちゃうよ」

　眼鏡は外されず、そっと位置を直される。

「あっ……そんなっ……」

　透真がわずかに腰を引いた。宙に揺れていた足を持たれて、大きく広げられる。繋がった部分も昂ぶりも、何もかもが丸見えだった。

「ここから、いっぱい白いの出したくなってきたかな？」

性器を指であやされる。直接的な刺激に飢えていたそこは、透真の指使いを悦《よろこ》んだ。

「ほら、どう……？」

下腹部に自分の昂ぶりから溢れた体液が滴《したた》る。汗と体液で濡れた体は、頂点を求めて揺れていた。

「んっ……、出したいっ……」

早く極めたい。その気持ちに急《せ》かされて、はしたない言葉を口走る。

「じゃあ僕たちと付き合うって約束する？」

いきなりの問いかけで、現実に引き戻される。

「……え？」

そんな条件を飲めるはずがないと、理性が薄れた頭でも分かった。なんでこんな時に、約束を持ち出すのか。透真はずるい。

「約束してくれないと、ずっとこのままだよ」

「痛っ……やだ、離してっ……！」

昂ぶりの根元を透真に強く押さえられる。鈍い痛みに眉を寄せた。こんなの酷すぎる。

「いやなのかよ。こんなに感じてるくせに」

「あっ……勇真くん、だめっ……」

涙で視界が滲む。勇真に乳首を緩くひねられて、体がその場で跳ねた。

達きたい。でも痛みがそれを邪魔する。

「……やだっ、……離してっ……」

お願いと繰り返しても、透真の指は性器を戒《いまし》めたままだ。その状態で体の奥をかき回されて、息が止まった。

「も、やっ……！」

達しそうになっては痛みを与えられる。その繰り返しが、考えようとする気力を奪った。代わりに頭の中が、極めたいという欲求でいっぱいになる。

どれだけそれが繰り返されただろう。気がつけば眼鏡が外されていた。心許ない視界の中、透真に微笑みかけられる。

もう限界だった。あと少しで達せそうなのにできない状態は、司から思考能力を奪った。ただ早く解放されたくてたまらない。

「僕たちと付き合ってくれるね？」

囁く声が、脳を直接揺さぶる。

「……は、い……」

快楽に溺れ、陥落する。その瞬間が、こんなに甘いなんて知らなかった。

「ありがとう。これで君は、僕たちの恋人だ。……嬉しいよ」

透真はうっとりとした表情で司を見下ろす。

戒めが解かれた。腰を抱え直され、ベッドに座った彼に跨《また》る形になる。

「一緒にいこうね」

「あっ……は、ぅっ……そこ、もっと……！」

感じてしまう場所を硬いもので擦られた瞬間、あっけなくその時がきた。全身が強張り、体中の熱が下肢へ集中する。

欲望の先端から、どくどくと熱を吐き出した。

「ぁ……やっ、おかしくなるっ……」

強烈な絶頂に体がついていかない。強張ったまま痙攣《けいれん》していると、腰骨を強く摑まれた。

「すごい……も、出すよっ……」

体の奥深くに、勢いよく迸《ほとばし》るものがあった。内側を満たされる感覚に、体の芯が震える。

「すごいな、もっていかれちゃった」

透真が体内へ射精したのだ。彼だけじゃない、勇真も既に熱を放っている。二人がこの体で感じたのだと思うと、不思議な恍惚《こうこつ》を覚える。

「透真、そろそろ代われ」

勇真が切羽詰まった声を上げる。彼は司の体を撫でたりキスをしながら、右手で自分を慰めていたらしい。彼の欲望は大きく膨《ふく》らんでいて、先端から体液を溢れさせていた。

「ん、交代しようか。勇真も司くんをもっと抱きしめたいよね。恋人になったばっかりだから、優しくしてあげて」

透真が体を離す。ごぷっと音がして彼の欲望が引き抜かれた。それが閉じる間もなく、勇真の昂ぶりがねじ込まれる。

「すげぇ、いきなり吸いついてくるっ……」

勇真は唸り、繋がったまま司をベッドに押し倒した。余裕などかけらもない乱暴さに戸惑う間もなく、激しく揺さぶられる。

「っ……や、もっと、ゆっくり……」

再び覆いかぶさってきた勇真の背に、司は自然と腕を回していた。そうしないといけない気がした。


重たい泥のようなところに、体が沈んでいた。もがいてももがいても、ぬめったものがまとわりついてくる。

どこまで沈むのだろう。諦めて体の力を抜いた途端、体がふわりと浮き上がった。海の底から水面へと引き上げられ、呼吸が楽になる。

静かに目を開いた。司がいるのは海ではなく、室内だ。知らない天井に眉を寄せる。ここはどこだろう。眼鏡を探して伸ばした手が、何か温かいものに触れた。

「……おはよう、司くん」

隣に透真が横たわっている。微笑みかけられて、司は目を泳がせた。これはなんだろう。夢なのか……？

「あっ……」

「探してるのはこれかな？」

彼に手渡された眼鏡をかけると、一気に目の前がクリアになった。正面には勇真が立っている。

「おはようございます。起きられますか」

二人の姿を交互に見る内に、ここがどこか思い出した。透真の部屋だ。昨日、ここに連れて来られて……。

頭に浮かんだ光景のいやらしさに、一瞬息が止まった。自分は何も身につけていない。かけられたブランケットで体を隠す。

「大丈夫？」

「具合悪いですか？」

二人の声がいたたまれなさを増幅させた。

ダブルベッドの上で二人に何度も求められた後、バスルームで体を洗って貰ったところまでは覚えている。

それからの記憶は断片的だ。最後はどちらに貫かれていたのかも分からなくなって、ただ声を上げ続けた気がする。

そのせいか、腰と足の付け根、そして最奥に違和感があった。一晩で経験したことがないほど射精した性器も、微熱を持っている気がする。腫《は》れているような違和感と、わずかな尿意に顔を歪めた。

「あの、……僕……」

昨日のことが夢だと思いたい。だけど体がそう思わせてはくれなかった。

二人の顔を直視できず、乱れたシーツを握る。早くこの場から消え去りたい。

「……帰ります」

これ以上、ここにいたらおかしくなる。立ち上がろうとしてシーツについた手を、透真が掴んだ。

「どうして？　うちの親にも顔を見せて欲しいな」

透真の両親とは、つまり社長夫妻のことだ。一介の平社員である司にとっては、簡単に会える人ではない。

「帰らないでください、司さん」

勇真が駆け寄ってきて、床に膝をついた。

「無理矢理して、ごめんなさい。でも俺、……司さんのことがずっと、ずっと好きです。俺、本気ですから」

「……勇真くん……」

勇真は昨夜の強引さとは別人のような真摯な顔で司を見つめた。なんて返していいのか分からない。戸惑う司を助けてくれたのは、意外にも透真だった。

「勇真、朝練に間に合わなくなるよ。司くんにはゆっくり休んでもらう。だから安心して行きなさい」

「でも……」

透真に言われ、勇真は司にちらりと視線を向けた。深く息を吐いてから、短い髪をかき乱し、深い息を吐いた。

「分かった」

頷いた彼が、ドアを開けたまま部屋を出ていく。

「いってらっしゃい。……さて、司くん。疲れてるよね？　まだ休んでていいよ。食事は運んでくるから」

「いえ、そんな……」

食事なんていらない。早くここから解放して欲しい。そう言いたかったのに、さっさと透真は部屋を出ていってしまう。

「……いってきます」

アダチのスポーツバッグを肩に掛けた勇真が顔を出す。

「い、いってらっしゃい」

自分が見送るのも変な気がしたけれど、一応そう言っておく。

透真がいない間に帰る支度をしようと、自分の服を探す。だが下着の一枚すら見当たらない。

「……何か探し物？」

部屋を見ている間に、透真が戻ってきてしまった。

「あの、服を……」

「そうか。そうだね。僕のでいいかな？　司くんのは今、洗濯をしているから」

これはお礼を言うべきなのだろうか。迷っている間に、透真がシャツとハーフパンツを持ってきた。

「これでいいかな。せっかくのお休みだから、うちでゆっくりするといいよ。あとそうだ、これ」

新品の下着を渡される。

「……ありがとうございます」

全部着てはみたものの、どれも大きい。体格差があるのだから仕方がないと分かってはいても、微妙な気持ちになる。

「そうだ、勇真の映像を見ようか。隣の部屋にね、トロフィーや賞状が飾ってあるんだ」

楽しそうに透真は語り出す。いつまでも終わらなさそうで、司は勇気を出してあの、と声を上げた。

「……僕、もう帰ってもいいですか」

「それは駄目。せっかくの週末なんだ。恋人同士が一緒にいてもいいでしょ」

透真の発言に瞠目《どうもく》する。

「恋人って……あれは、無理矢理……」

とてもまともに頭が働かない状態での約束を、ここで持ち出されるとは思わなかった。

「無理矢理？　どういうこと？　僕に嘘をついたの？」

透真が悲しげに顔を歪めた。

「だって、そうしないと……」

「そうしないと、何？」

続きを促されても言えない。黙り込む司の反応を眺めていた透真が、肩を抱き寄せてきた。

「君は射精と引き換えに恋人になるというような、いやらしい子なの？　違うよね？」

こちらを見つめる眼差しは一途な色を浮かべている。それに流されてしまいそうになって、司は慌てて俯いた。

「君はずっと、僕と勇真が好きだったんだよ。だから恋人になってくれた。そうじゃないの？」

耳触りのいい声で囁かれると、疑うことを忘れてしまいそうになる。こんなの反則だ。元々好意を寄せていた相手に好きだと言われて、喜ばない人なんていないはず。

思考回路が混乱している。このままここにいたら、透真の言葉に洗脳されてしまいそうだ。早くここから逃げなくては。

「そうだ、君が眠っている間に編集した写真とビデオがあるよ。これを一緒にチェックしようか」

透真はそう言って、壁に置かれたパソコンに向かう。

「……これ、どう？」

「なっ……」

ディスプレイに表示された写真に、司は言葉を失った。

口淫《こういん》しながら、二本の指をこちらに向けている自分。なんで笑っているのだろう。半開きになった唇から唾液が零れている。性器は昂っていて、先端を濡らしていた。それを自分で扱いている写真まである。どれも目の焦点は合っていないのに、顔はしっかりとカメラに向けられていた。

「そうだ、これもいい顔してるよ」

シーツにあおむけになって、大きく足を開いた自分が映る。下腹部から下生えを白濁で汚し、閉じきっていない最奥からも白い体液が零れているのが見えた。——淫《みだ》らすぎる生物を直視できない。

「やめてくださいっ」

こんなの自分じゃない。違う。全力で否定する司の肩に、透真が手を置いた。

「君のかわいい姿を、もっとたくさん撮りたいな」

「い、いやです……。お願いします、これ、消してください」

振り返り、透真の手を掴んでお願いする。だがそれは駄目だと笑顔でかわされた。

「君に会えない時、僕はネタがなくなるじゃない。それとも、毎日抱きしめさせてくれる？

僕って割と激しい方だから、司くんを壊しちゃうかもしれないよ」

透真が笑顔でそう言った時、涼しげな音が室内に響いた。

「ああ、もう出かけるのか。……司くん、ちょっと一階に行こう」

「え……」

ちらりとパソコンに視線を向ける。今一人にされたら、この画像が消せる。

「バックアップはもう取ってあるからね」

司の心を読んだかのように透真が言い、手を握ってきた。

「ほら、行こう」

口調は優しいけれど、有無を言わさない態度で手を引かれる。立ち上がった瞬間、下腹部に重みを感じた。足に力が入らない。

透真に引っ張られて、階段を一階まで下りる。一体何があるのだろう。

一階の様子が見えて、司は足を止めた。あと数段を下りるのが怖い。だけど透真は手を引っ張ってくる。

玄関ホールには人の姿があった。

「父さん、紹介するね」

透真が声をかけたのは、彼の父親。――つまりアダチの社長だ。横には社長夫人も立っている。二人とも背が高い。

「こちら、殿村司くん。同じチームで頑張ってくれているんだ。昨夜から遊びに来てくれてる」

「あ、あの……よろしくお願いします」

なんと言っていいのか分からず、口をついた言葉がそれだった。こんな格好で社長に挨拶するのは情けない。穴があったらすぐにでも入りたい。

「そうか。透真が迷惑をかけているだろう。すまないね」

「この子は勇真に甘いから大変でしょう。よろしくお願いします」

透真によく似た雰囲気の母親に微笑まれて、返す言葉がなかった。

「二人とも、子供扱いはよしてくださいよ。僕ももう二十八ですよ」

透真は苦笑しつつ、司の肩を抱いた。

「勇真も司くんのことが大好きなんです」

「そうか、それは嬉しいな」

ありがとう、なんて手を出されてしまったら、握らないわけにはいかない。

笑顔で握手を交わす。耐えがたい後ろめたさと共に。

「私たちは明日まで戻りません。なんのおかまいもできませんが、どうぞごゆっくり」

社長夫妻はそろそろ出かけるところだったらしい。それぞれ鞄を手にした。

「はい、ありがとうございます」

成り行きで透真と共に社長夫妻を見送る。ドアが閉まった瞬間、がくりと力が抜けた。

どっと疲れた。額に滲んだ汗を拭う。

「どうしたの、そんなに汗をかいて」

「まさか社長に紹介されるなんて思いませんでした」

会社でも数度しか姿を見たことがないような人と会ったら、誰だって緊張するだろう。

「恋人だって言われると思って焦《あせ》った？」

透真が含み笑いをして、司の頬を撫でた。

「さすがにね、まだ紹介はしないよ。……いつかちゃんと、君のご両親に挨拶に行ってから、うちの親には話そう」

ね、と目を見つめたまま同意を求められる。

「話すって、……何をですか」

「そんなの決まってるじゃない。僕たちが愛しあっていますってことだよ」

真顔で返されると、否定すら面倒になってきた。だけどここで黙っていると、関係を認めたことになってしまいそうだ。

「そんな、愛しあっているなんて……」

「愛しあっているから、いやらしいことができるんだよ。君は違うの？」

無理矢理あんなことをした人に言われたくない台詞だった。

「まあいいよ、僕は急がないから。とりあえず、今日は土曜日だから、二人でゆっくりしてようね。何か飲む？」

「……いりません」

水分は今欲しくない。それより、と室内を見回す。

「あの……お手洗いは、どこですか」

ここに来てから、一度も用を足していない。そろそろ限界だった。

「案内するよ。……上のトイレに行こうか」

「……はい」

別にどこでもよかったので、素直に頷いて階段を上がる。透真の部屋の左側、バスルームの隣にトイレがあった。

「はい、どうぞ」

透真がドアを開けてくれる。掃除が行き届いた空間は広めだった。タオル類はグリーンで統一されていて爽《さわ》やかだった。

「あの……」

「うん、何かな」

そのまま動かない透真に困惑する。

「一人にしてください」

「なんで？　見ててあげるから、していいよ」

透真が平然と言い放つ。

「……いえ、一人でしたいので……」

「遠慮しなくていいよ。手伝ってあげる」

いきなり下着を引き下ろされる。驚きすぎて抵抗する間もなかった。

「いやです、やめてくださいっ」

トイレから出ようとしたけれど、透真が立ちはだかる。彼に性器を軽く揉まれて、唇を噛んだ。

「ほら、漏らさないように、こっち」

体を便器に向けさせられた。

今にも溢れ出しそうだ。我慢しないと。眉を寄せて耐えていると、透真が肩に顎を載せてきた。

「ほら、いっぱい出して」

「やめてくださいっ……！」

下腹部に力を込めた。人前でそんなことできない。なんとしても耐えなくては。

唇を噛んでいると、耳元に唇が寄せられた。

「遠慮しなくていいよ」

「ひっ……！」

自然と丸まった体を、透真が後ろから抱きしめる。へその下を手のひらで強く押された瞬間、せきとめていたものが決壊した。

「ああっ……」

とてもじゃないけれど直視なんて出来ない。目を閉じる。勢いよく体液が放たれる水音に耳を塞ぎたくなる。

それは司のプライドが壊れる音でもあった。

「たくさん出るね」

耳の中まで透真の舌が入ってきた。中を舐められながら、排泄する。異常な状況に心臓がばくばくと鳴った。

——長い放出が終わると、司はその場に崩れ落ちた。水を流す音が目の前で聞こえる。信じられない。口元を手で覆う。こみあげてくるものを吐き出したい、だけど出てくるものはなく、その場で蹲《うずくま》った。

狭いトイレに膝をついた透真が、トイレットペーパーで緩く性器を拭いてくれる。

「かわいかったよ。……ね、でも毛が邪魔かな。全部剃《そ》ってしまおう。うん、それがいい」

透真は真顔で司の下生えを摘まむ。

「大きな試合の前は、勇真も剃るんだよ。君もその気分を味わってみればいい」

「や、やめてくださいっ」

この人はおかしい。一体なんでこんなことをするのだろう。

もうこんなのはいやだと暴れる。振り払った手が、透真の頬にぶつかった。

「あっ……」

「……痛いよ、司くん」

透真の目の色が変わる。笑みの中に滲む冷酷な光に怯えていると、手首を摑まれた。

「暴れたら怪我をするのは司くんだからね」

そのまま隣のバスルームに連れて行かれる。ここを使うのは、透真と勇真の二人だけだと聞いていた。

透真の静かな怒りに抵抗を忘れている間に、下半身を脱がされ、手首をタオルで縛られてしまう。そのままタオルを、シャワーの下側にあるフックに繋がれた。

タイルに尻をついた司の足を透真が広げる。彼は足の間に陣取り、司の下腹部を撫でた。

「ここ、洗ってあげようね」

「やめっ……」

きっちり泡立てたソープで、性器の周辺を清められる。それからもう一度、肌の上に泡を載せられた。

「じっとしててね」

透真は剃刀《かみそり》を手にした。刃物を前にして急所を露わにする恐怖に冷や汗が滲む。

逃げ場のない状況で、足を広げさせられた。剃刀が肌に押し当てられる。皮膚の上をなぞっていく、冷たい感触が恐ろしい。

じょりっというわずかな音を、司は絶望しながら聞いた。

「……やめてください……」

「動いたら危ないよ」

透真は丁寧に皮膚を伸ばしながら、下生えを剃り落としていく。元々薄めの体毛は、あっという間に排水溝へと流れていく。

「これでいいかな」

透真が剃刀を脇に置いた。シャワーを手に取り、温度を調整してから、司の下半身を清める。曇り止めがつけてある眼鏡には水滴が散っていて、視界を揺らしていた。

「綺麗になったね」

通常状態だと、先端は完全に露出していない。それだけでも成熟しているとは言い難いのに、周辺を無毛にされると、まるで子供の下半身のようだった。

情けなくて惨めな姿に泣きたくなる。どうしてこんな酷い目に合うのか。理不尽すぎるじゃないか。

「うん、これでいい。かわいいよ」

満足そうな透真が、さて、と微笑みかけた。

「じゃあまず、僕を気持ち良くさせてくれるかな。口、開けてみて」

返事をする前に、親指を口に突っ込まれた。強引に中を探られ、視界が滲む。口の中を出入りする指に、頭にもやがかかっていく。

「口の中が弱いのかな。目がとろんとしてきた」

指が口内を探る。粘膜を辿《たど》られ、歯を撫でられた。その繰り返しで、逆らう気力は奪われる。

「いいね。そのまま、僕の舐めてみて」

眼前に突きつけられたのは、透真の欲望だ。既にそれは、裏側の筋を見せつけるほど昂っている。これを、舐める……？

「舌を出して。……ほら、早く」

耳をそっと撫でられる。言われるまま舌を差し出すと、そこへ性器が載せられる。そのずっしりとした重みに覚えたのは、拒絶でも嫌悪でもなく——興奮、だった。

「先っぽも舐めてみて」

「……ん、ふぅ……」

先端から零れそうな蜜を、舌で舐め取る。そっと頭を撫でられた。褒められた気がして、猫のようにぴちゃぴちゃと音を立ててしゃぶりつく。

手を縛られて上にあげられた状態だから、うまくできない。それがもどかしくすら感じてきた。

「歯を立てないようにね。うまくできたらご褒美をあげるから。……ああ、目を閉じちゃ駄目だよ。そのまま僕の顔を見て」

「……ん……」

言われるまま、目線を上げた。大きなものを頬張って、唾液を零しているみっともない顔を、透真がじっと見つめる。

「かわいい、司くん。……もっと口を大きく開けて」

後頭部を包むように手が置かれる。透真がゆっくりと腰を揺らす。昂ぶりがぬちゅぬちゅと音を立てて出し入れされた。唇と舌に残る、熱くて硬い感触。——なんだろう、これ。

「ンっ……」

口での奉仕に気持ちが昂っていく自分を持て余す。わずかに瞳を伏せると、透真の手が耳を塞いだ。

抽挿のペースが上がる。唇を巻き込んだ激しい出し入れをされ、鼻先に透真の下生えが当たる。ずれた眼鏡が彼の動きに合わせて揺れた。

「んぐっ」

息苦しさに呻いても、透真はやめてくれない。耳を塞がれたせいで、口を犯される音が脳内に響いてしまう。

「……うっ」

透真の動きがいきなり止まった。どうしたのかと見上げた瞬間、目を細めてこちらを見ている彼と目が合う。

「んっ……っ……」

口の中に、熱いものが放たれた。驚いて咄嗟《とっさ》に体を引いた次の瞬間、頬と口元に、熱い体液が降り注がれる。

「ああ、ごめん。顔にかかっちゃったね。これ、舐めてくれる……？」

苦くて温い体液を舌に塗りつけられた。それは出来ないと顔を背ける。

「いつか僕のミルクも飲めるようになってくれると嬉しいな」

透真はそう言って、司の唇を舐めた。何度も啄《つい》ばむように口づけた後、彼の手は司の性器に触れた。

「じゃあ今度は、僕が司くんを気持ちよくしてあげる番だね」

手のひらで揉まれる。それだけで硬くなったそこに、透真が顔を寄せた。

「かわいいなぁ。先っぽ、剝いてあげるね」

「はぅ」

ちろちろと舐められる。先端の丸みを帯びた形に沿って舌が這い、窪みを抉った。

「もう感じてる」

微笑みながら、透真が包皮を舌で捲《めく》る。指と舌を使って優しく引き下ろされ、先端を完全に暴かれた。

「……あっ……」

刺激に慣れていなくて敏感な先端に吸いつかれた。まるで飴《あめ》のようにちゅぱちゅぱと吸われたかと思うと、熱く濡れた口内へと引き込まれる。何度か繰り返される内に、昂ぶりは痛いほど大きくなった。

「ほら、僕の口に突っ込んで、腰を動かしてみて」

根元をあやしながら、透真が見上げてくる。ほら、と差し出された舌に誘われて、恐る恐る腰を前に出した。

「ああっ……！」

熱くて柔らかい粘膜に包まれて、そこが溶けてしまうかと思った。気持ちいい。無意識に腰が揺れる。

「ふぁ……司くんのおちんちん、おいしいっ……」

淫らな言葉を紡ぎながら、透真は司の足を抱きしめる。ずぼっと音を立てて飲み込んでは引き出して、司は頭を打ち振った。

「あ、あっ……いやだっ……止まらない……」

膨らんだ筋を尖らせた舌で辿られ、先端を喉の奥で締めつけられると、腰から下が蕩けそうだった。

昂ぶりを口に含みながら、透真が見上げてくる。その眼差しに滲む艶《あで》やかさに、視線も意識も奪われる。

「も、出ちゃうっ……」

だから離してと続ける前に、透真が頬で昂ぶりを抱きしめ、強く吸った。

「あ、ああっ……、いくっ……！」

目の前が白く光る。全身を包む溶けそうな快感に腰を揺らしながら、司は熱を放った。自分でも驚くほどの勢いで、性器が弾けたかと思った。

「うっ……や、とまら、ないっ……」

「……すごいね、たくさん出たよ……」

透真がそう言って、頬を拭った。

「あ……か、顔に……」

透真の顔を汚した白濁が、自分のものと気がついて顔色を失う。そんな、まさか……。

「ごめんなさいっ……」

「司くんのなら平気だよ」

透真は笑いながら、頬に飛び散った白濁を手の甲で拭う。そしてそれを、司に見せつけるようにして舌で舐め取った。

「おいしい。まだ濃いね。これなら勇真が帰ってくるまで、二人で遊んでも大丈夫だ」

遊ぶ。

その単語がこんなに恐ろしい響きをしているのだと、司は初めて知った。


「ただいま」

勇真が息を切らして帰ってきたのは、夕方だった。その時司は、これまで勇真が出場した大会のビデオを眺めてうとうとしていた。

透真の前で失禁し、バスルームで口淫をしあった後、司からは抵抗する気力や帰ろうという意識は無くなっていた。

透真の手で食事をし、歯ブラシを口に突っ込まれて丁寧に歯を磨かれても、逆らわず従順に受け入れる。頭のどこかが麻痺《まひ》したように、何も考えられなくなっていた。

ぐったりとベッドに沈み、透真が髪を撫でたりキスをしたりするのをただ受け止める。一度脱いでから、服は着させてもらえなかった。

「お帰り。今日はどう？」

「いつも通りだ」

勇真は少しだるそうに答えながら、大股で司に近づいてくる。

「透真に酷いことをされませんでしたか？」

心配そうな顔をされて、曖昧《あいまい》に笑う。何が酷いことなんだろう？　もうよく分からない。

「特別なことはしてないよ」

透真はあっさりと言い放った。

彼の前で、排泄をさせられた。あんなことが特別ではないと言い切る彼が恐ろしい。

「ああ、そういえば、毛を剃ってあげたんだ。司くん、見せてあげて」

軽い口調で言われても困る。そのまま動かずにいると、透真の手がブランケットを剝《は》いだ。

「……なんでこんなことしたんだよ」

　勇真の視線が司の下肢に集中する。その強さに怯えて隠そうと丸めた体を、透真が抱きしめる。

「恥ずかしがる司くんが見たかったから。それに、こうすると挿入しているところがよく見えるんだよ」

　勇真が息を飲む音が、はっきりと聞こえた。これからまた彼に犯されるのだろう。司はそれを、どこか他人事のように感じて目を閉じた。


　月曜日は透真と一緒に足立家から出勤した。

　いつの間にかクリーニングに出されていたスラックスとシャツを身につける。お手伝いの女性が朝食まで用意してくれていたので、食欲はなかったけれどなんとかパン一枚を口にした。いたたまれなさで胸が押しつぶされそうになりながら、足立家を後にした。

「一緒に出勤なんて嬉しいね。勇真が羨《うらや》ましがるだろうな」

　透真の足取りは軽い。司はその背中を追いかけた。駅までの道はよく分からなかった。

「……勇真くんはもう学校ですか」

「うん。朝練があるから」

駅に着き、ホームで電車を待つ。かなり混んでいたが、何人かが降りたのでそのスペースに入れた。

混んでいる電車で透真は指を絡めてきた。振り払うとかえって目立ちそうで、そのままにしておく。

彼の体温が伝わってくる。爪を撫でられて震えが走る。週末、透真と勇真の二人に貪られ続けた体は、ひどく過敏になっていた。

「どうしたの？　降りるよ」

気がつけば、電車が駅に着いていた。透真の指も離れている。

「……すみません」

改札を出て、会社まで歩く。同じ電車に乗っていた社員に透真は声をかけられていた。

指にはまだ透真の温もりが残っている。爽やかな笑顔をふりまく彼の体温が、週末の記憶を呼び覚ます。彼と、あんないやらしいことを……。

落ち着かない気持ちのまま、十二階に着いた。オフィスの鍵を開ける。

「さあ、今週も頑張ろうね」

透真がロッカーに荷物を入れて微笑む。司も荷物をロッカーに入れ、自分の席に着いた。

いつもの朝と、表面上は何も変わらない。だけど、と司は俯いたままため息をついた。あんないやらしいことばかりをした透真と、二人きり。この距離が辛い。

とにかく仕事だ。まずは今日のスケジュールを確認しつつ、メールをチェックする。透真は今日、夕方から会議の予定だ。それまで耐えれば、今日一日はなんとかなる。

「……なんだか照れるね」

仕事に意識を向けようとしたその時、正面に座る透真が言った。

「僕はいつも司くんのことを見ていたんだよ」

透真が立ち上がり、司の隣の席までやってきた。彼は右手にボールペンを持っていた。

「ずっと気になってたんだ。司くんの真面目そうな顔をいやらしく感じさせたいって。あとね、透けて見えないけど、乳首はどこかな、っとか。……ここだよね」

「やめてくださいっ」

ボールペンで乳首の位置を探られる。硬い先端が、埋まった乳首の周辺をぐりぐりと押した。

「ひゃっ」

「隠れちゃっているから分からなかったんだね。あ、でも、弄れば出てくるから気にする必要はないよ。それに君は、副乳もあるから。どっちもピンクで愛らしかったな。一日中、ちゅうちゅうしたいよ」

優しい口調で囁かれる卑猥《ひわい》な内容に、頭がいっぱいになっていく。こんな状態では、とても仕事なんて手につかなかった。

「主任、仕事をさせてください……」

「あ、そうだよね。ごめん、邪魔して」

透真が神妙な顔をして、席に戻った。

よかった。ひとまず安心して肩の力を抜く。正面を向いた瞬間、透真がさっき司の胸元を弄ったボールペンをゆっくりと撫でているのが目に入った。

目が合う。透真の端整な顔立ちに、艶やかな笑みが浮かぶ。その視線が、全身を舐め回すように見ていた。

他人に性的な欲望を抱かれることが、こんなに恐ろしいなんて知らなかった。震える手でマウスを握り、深呼吸する。仕事だと自分に言い聞かせて、パソコンに向かった。

緊張のまま午前中が終わる。

昼食はいつも透真と一緒にとっていた。今日は部長たちと社員食堂で一緒になったから、なんとかやり過ごせた。

透真が会議中に定時になったので、そそくさと帰宅する。

一目散で自宅に戻って、部屋の真ん中に座り込んだ。

金曜日の朝、家を出た時のままの部屋。あの時は想像もしなかったことが、この週末で起こった。この体に、彼らを受け入れて……。

今でも信じられない。まさか透真と勇真、二人と性的な関係を持ってしまうなんてありえないことだ。

これはきっと夢だ、と司は自分に言い聞かせた。そうしないと、自分の気持ちが保てなかった。


翌日、出社した司を迎えたのは、笑顔の透真と彼がよく使っているＵＳＢメモリだった。

「これ、プレゼント。うちに帰ったら見て。僕たちの愛の記録だよ」

甘い囁きに耳を疑う。

「記録って……」

「写真とムービー。いいのを選んだからね」

透真はそう言って、自席に戻りパソコンに向かう。いつもの朝と同じように。

「……」

どんな写真と映像が入っているのか、考えたくもなかった。メモリをぎゅっと握りしめる。このまま壊してしまいたい。だが原本は彼の元にあるはずだ。これを壊したところでなんにもならない。

何も言えずに固まる。遠回しに、逆らうなと脅されているのだろう。最低すぎる。――透真がこんな人だなんて思わなかった。

ＵＳＢメモリを鞄の中に放り込む。ここで何か反応したら、また透真が何かしかけてくるかもしれない。そうなると逆らえない自分が簡単に想像できた。

「——司くん」

透真に肩を叩かれ、我に返る。

「僕、もう出かけるよ。昼過ぎに戻るからね」

「は、はい」

透真はそう言って外出した。行き先は工場、定例の会議だ。

一人きりになると気持ちが軽くなった。一息ついてから、仕事に没頭する。今日は作らなきゃいけない資料があってよかった。余計なことを考えずに済む。

黙々と仕事をし、社員食堂での昼食を終えて、席に戻る。やるべきことに集中し、後回しにしていた雑務まで片付けた。

「ただいま」

二時過ぎ、透真が紙袋を手に戻ってくる。

「……おかえりなさい」

透真は席に着かず、脇のテーブルに紙袋を置いた。なんとなく目で追いかけていると、彼は袋に手を入れて嬉しそうに何かを取り出した。

「新製品を試して欲しいんだ」

透真が笑顔で取り出したのは、ごく平凡な紺色の水着だった。学生時代に見たことはあるが、着た経験はない。何故ならそれは、ワンピース型、つまり女性用だからだ。

「……これって……」

「スクール水着だよ」

華やかな笑顔で差し出された水着を、思わず受け取ってしまう。

「な、なんで、こんなの……」

どこからどう見ても、ごく普通の、女子生徒用スクール水着だ。

「似合いそうだから。……さあ、着てみて」

「いやですっ」

さすがにこんなものは着られないと突っぱねる。

「どうして？　前は試してくれたよね？」

透真は不思議そうに聞いた。

「だってこれ、……女の子用じゃないですか」

これまで新製品の水着を試したことは何度もある。だがそれは成人男性用だった。

「そうだけど、最近は発育に合わせて大きいサイズもあるんだよ。司くんならちょうどいいかなと思って」

確かに自分は小柄だ。だからといって、女性用というより女児用が入るわけがない。

「入りませんよ」

「じゃあ入るかどうか、まず着てみて。あくまでテストだからね。着用したら着心地を教えてもらいたい」

「……それなら男子生徒用でいいじゃないですか」

水着を突き返そうとしたが、透真は受け取ろうとしない。

「女の子用なのは僕の趣味。とりあえず、着て見せて」

透真の顔と水着と見比べ、彼のよく分からない押しの強さにたじろぐ。

この水着を着るなんて、仕事だとしても無理だ。

「いやです」

そう答えた時、透真が胸元からメモリを取り出した。今朝渡されたものと同じもの。

そこに入っているのが何か察して、目眩がした。中にはきっと、週末の痴態が入っているに違いない。

諦めるしかないのか。心の中でため息をついてから、覚悟を決めて水着を手に取る。百六十センチ用と書かれている。これなら確かに、入るかもしれない。

額に手をやり、司はため息をついた。こんなの着たくない。だけど透真が引くとは思えない。

一体どうすればいいんだ。

「僕のために着て欲しいな」

透真はデジタルカメラを手にしている。もう観念するしかなかった。彼の手元には、とんでもなく淫らな写真がたくさんあるのだ。逆らってばらまかれるのはごめんだ。それに比べたら、水着を着るくらい耐えられる。

「……分かりました。ちょっと着替えてきます」

覚悟を決め、トイレに行こうとしたその時、透真に腕を掴まれた。

「ここで着替えなよ。ちゃんと鍵はかけてあげるから。誰にも見えないから安心して」

「嫌です、そんなの……」

透真が近づいてくる分、後ずさる。だけどすぐに自分の机にぶつかってしまった。

「司くんは恥ずかしがり屋だなぁ。そんなに照れなくてもいいのに。僕は君の、体の奥まで全部見てるんだよ。……確認する?」

透真がデジタルカメラを掲げて見せる。その脅しの効力は絶大だった。

「ここで着替えます。だから……カメラはやめてください」

透真の目を見て訴える。彼は残念そうに目尻も口角も下げたけれど、仕方がない、と頷いてくれた。

「……司くんのお願いだから、カメラは諦めるよ」

透真がカメラを机の上に置いたのを確認し、ベルトに手をかけた。前を緩め、シャツの裾を引き出す。

視線を感じつつ、スラックスを引き下ろした。あとは下着だけだ。

何もかももう見られているのだ。恥ずかしくなんてない。そう自分に言い聞かせても、やっぱりいつも仕事している場所で裸になんてなれない。

下着の縁を持って固まっている司に、透真は艶然《えんぜん》と微笑んだ。

「ちゃんと下着も脱いでね」

「……分かりました」

これはテストだ。そのために着るんだ。自分に言い聞かせて下着を脱ぐ。透真の舐めるような視線は意識しないようにした。

紺色の水着を手に取ったものの、どうやって着るのかすぐには分からなかった。水着を広げ、足を入れる場所を確認する。

前後に注意しながら足を入れて、水着を引き上げる。少しきついけれど、なんとか着られそうだ。

ただ下半身はどうにもおさまりが悪い。どうにかしたくて、布をずらしたり位置を変えてみたりする。やっと落ち着くポジションを見つけてから、肩ひもの位置を調節した。

生地が二枚重ねになっている胸元に余裕がある分、肩ひもはきつく感じない。ちょっと足の付け根に食い込んでいるけれど、苦しいというほどではなかった。

ただ、恥ずかしい。これならまだ裸の方がましだと思う。

「これでいいですか」

消え入りそうな声で聞いた。

透真は頭の先から足の先までじっくりと眺めた後、ふぅ、と満足げに息を吐く。

「思った以上に似合うよ！」

「……」

どこをどう見たって似合っていないだろう。そんなこと分かっている。いくら真っ白くて手足が細い貧弱な体をしているとはいえ、二十代半ばの、ごく平凡な男性会社員に女子生徒用のスクール水着が似合うはずはないのだ。

けれど透真はまるで宝物を見るかのようなうっとりとした視線を司に向けてくる。あまりにじっと見つめられると羞恥が増して俯いた。

「こっちを見て、司くん」

透真の手には携帯電話が握られていた。

「カメラはやめてください……」

「携帯もだめ？　待ち受けにしたいんだけどなぁ。写りが悪いのはちゃんと消去するよ？」

「そういう問題じゃありません！　約束したのに、酷いです……」

水着をぎゅっと握る。この調子で写真を撮られ続けるのかと思うと、目の前が真っ暗になる。

涙目になって顔を上げると、透真が驚いた顔をした。

「ああ、ごめん。泣かないで。撮らないから、ね」

謝りながら、透真は携帯を机に置く。それから、緩んでいた表情を引き締めて、司の体に目を向ける。

「着心地はどう？　そんなに小さくはないみたいだね」

透真は仕事モードに切り替わっていた。腰のあたりの生地に触れて、感触を確かめている。

「はい、思っていたより。胸のあたりが結構大きめに作られているみたいです。ここがパッドになっていますね」

これは仕事だ、と自分に言い聞かせ、真面目に答えた。

「なるほど。ちょっと屈んでみて」

言われるまま、体を前に倒す。透真は真剣な顔で腕を組んだ。

「胸元も見えないようになっているんだね。これはいい」

「……ですね。ここにゴムが入っているみたいです」

たぶん胸の谷間が見えないようにという配慮だろう。昨今の子供の発育に合わせて改良されたようだ。

「さ、じゃあこれ着て」

ワイシャツを渡される。

「……え？」

「城東学院大の監督とコーチと会う約束を忘れたの？　そろそろ来ると思うよ」

確かに今日は、城東学院大の競泳部の監督とコーチたちと月に一度の定例会議が行われることになっている。三時から、来客用のＡ１会議室。

時計を見た。二時五十分。会議室まではここから五分かかる。

「主任、これは無理です……」

「そう言っても、もう時間がないよ。ほら、行こう」

透真に腕を取られる。

「白いシャツじゃなくて良かったね」

「……で、でも……こんなの……」

有無を言わさず、シャツとスラックスを着せられ、オフィスを引きずり出された。

会議室に向かう途中、同じ部の社員とすれ違う。

気がつかれたらどうしよう。シャツの下にスクール水着を着ているなんてばれたら、どんな目で見られてしまうのか。

想像しただけで身が竦む。誰とも目が合わないように俯いて歩いていく。

「これからは毎日、スーツの下にこれを着て欲しいな」

「馬鹿なこと言わないでください」

小声で反論した。誰かに聞かれたらどうするのか不安で周囲を見回す。

「大丈夫。誰も君が、シャツの下にスクール水着を着ているなんて知らないから」

「主任」

誰かに聞こえやしないか心配だ。誰もいないのを確認してほっと胸を撫で下ろす。こんな会話を誰かが耳にしたら、自分がおかしいと思われてしまいそうだ。

会議室には既に監督とコーチが来ていた。

「お待たせいたしました」

透真が笑顔で挨拶をする。司もそれに続いた。

長方形のテーブル、入り口にもっとも近い椅子に座った瞬間、水着が体に食い込む。これを意識するなというのは難しい。

このまま打ち合わせかと思うと、司の気持ちは重たくなった。


定例会議は一時間で終わった。

「それでは、また明日伺いますので」

「よろしくお願いいたします」

監督とコーチが頭を下げる。それから二人を会社のエントランスまで見送り、なんとか自分の机まで戻ってこれた。

「もう、脱いでもいいですよね」

座るよりも前に、シャツに手をかけた。透真が何も言わなかったので、もうこのままここで脱いでしまおうとシャツのボタンを外す。

青いシャツを腕から引き抜いた時、正面にいた透真が微笑んだ。

「水着は脱いじゃだめ。まだ耐久性のテストをしてないからね」

「耐久性？」

ゆっくりと近づいてくる透真の顔には、柔らかな笑みが浮かんでいる。いやな予感しか浮かばず、司はそっと視線を外した。

「そう。どれくらい丈夫か、試したいんだ」

「え、……うわっ……」

机の上に押し倒される。両手首を摑まれて動きが封じられた状態で、透真が顔を寄せてきた。

「司くんがいやがることはしないつもりだから」

首筋に唇を押し当てながら、透真は甘ったるい声で囁いた。彼の指は、水着の上から胸元を探り始める。

「じゃあやめてください、ここでなんて……」

ベルトを外されて焦り、逃げようと体を振る。それでも透真はやめてくれない。スラックスを引き下ろされ、左足だけ引き抜かれてしまった。

「物音を立てたら、誰か入ってくるかもしれないよ」

透真はそう言って、胸元に顔を近づけた。なつくように頬をすり寄せられる。

「司くんの乳首は恥ずかしがり屋だから、まだ顔を見せてくれないみたいだね」

透真は机の引き出しを開けて、はさみを取り出した。

「な、何をするんですか」

「ちょっと切ってみようかなって。耐久性を試してみたいからね」

平然と言い放った透真が、はさみを水着の胸元に当てた。表面の生地を摘まみ、刃物の先端を押し当てる。

音を立てて水着を切っていくはさみを呆然と見つめた。嘘だ、何これ……。

左側が、五センチくらいの円形に切り抜かれる。まるで乳首を強調するかのような形だった。

「ああ、やっぱりはさみだと簡単に切れちゃうね。でも何かあった時に脱がせづらいのも困るし、悩ましい問題だ」

真面目な顔をしながら、透真ははさみの先で乳首周辺を撫でる。金属の感触に肌が粟立った。

「これで乳首にご挨拶できるね」

「ひゃっ」

いきなりそこに吸いつかれて、思わず声が出た。慌てて両手で口を塞ぐ。オフィスでこんなことをしているなんてばれたらまずい。

「ピンクで美味しそうな乳首が出てきたよ」

「ふぁ……や、吸っちゃ、やだっ……」

強く吸われた乳首に芯が通り、肉を押し上げて表面に弾けでる。震える先端を舌先でくすぐられ、痛いくらいに立ち上がった。

「こっちの乳首は……ここかな？」

円形にくりぬいた部分より少し下をまさぐった透真は、すぐに副乳を探し当てた。

「見つけちゃった。ここも気持ちいい？」

「……ひっ」

水着の上から、副乳を指でこねられた。指と唇で乳首と副乳を弄られる内に、全部が尖ってしまう。

「……あれ、こっちももう硬くなってる。水着の上からでも分かっちゃうな」

昴ぶりが、きつい水着の中で存在を主張し始めた。それを指で確認した透真が、その指を司の目の前で舐めた。

「司くんの味がする」

「やめてくださいっ……」

恥ずかしさに体を丸めていると、肩に手が掛かる。体をその場でひっくり返され、机に頬が

ぶつかった。

「……主任？」

ずれた眼鏡越しに透真を見上げる。どうして彼はこんな時、とても幸せそうな顔をするのだろう。

「透真でいいよ。……司くんって、お尻もかわいいね」

両手で尻を揉まれる。

「あー、お尻に挿れたいな。でもさすがに会社で最後まではできないね。司くんが大変だ。……でも、僕も我慢するのは苦しいから、ちょっとだけ、……」

机の上に上半身を突っ伏した状態で、透真が圧し掛かってきた。

水着を左足側にずらされる。そうして作ったわずかな隙間から、透真が昂ぶりを押し込んできた。

「ひゃっ……」

性器の根元、蜜を蓄えた袋を先端でつつかれる。水着が引っ張られ、肩に食い込む。

「太ももだって、こうすれば性器の代わりになるんだよ」

透真はそう言って腰をゆっくりと動かし始めた。太ももの間を彼の欲望が出入りする。その形を教えるように、ゆっくりと。

「あっ……」

「水着の中を僕のおちんちんが行き来してるの、分かるよね？　どんな感じ？」

「……っ……」

言葉になんてできなかった。未経験の感覚に、全身の毛穴が逆立つ。

「僕ね、ここで君を抱きしめたいって思っていたんだ。仕事している時、ずっとだよ」

隙間がないくらいぴったりと体を密着させて、透真が耳元に囁いた。

「大好きだよ、司くん」

「……あっ……」

好きと言われただけで、体がいっそう熱くなる。

「かわいいお尻に水着が食い込んでるよ。いやらしいね」

「やめっ……」

左側に寄せた水着を引っ張られる。下着よりも厚みのある生地に締めつけられた性器がどくんと脈打った。

「乳首も触ってあげる。こっち、好きでしょ？」

透真の指が、左の乳首をひねる。痛いくらいが気持ちいい。無意識に透真の指ごと机に胸元を擦りつけていた。

「んっ……い、いっ……」

自分の体はどうしてしまったのだろう。初めて透真と勇真に犯されたあの夜から、快楽に弱くなりすぎていた。

「もう達きそうだね。……いいよ、水着の中に射精して」

耳に唇が触れる。形を確認するように舐められて、全身が粟立った。

「ほら、いっぱい出して。ぐちょぐちょになったところを僕がかき混ぜてあげるからね」

耳朶《じだ》をきつく噛まれ、痛みに体をのたうたせる。それなのに欲望は萎《な》えないばかりか、水着の狭さを訴えるように生地を押し上げている。

「見て、もう濡れちゃってる」

透真の指が性器に触れる。形を浮き上がらせるように指で擦られると、もっと硬くなってしまう。

水着の上から先端を撫でられ、覆っていた包皮を露わにされる。敏感な場所には、湿った水着の感触すら刺激となった。

「……や、だっ……」

太ももと性器の周辺を、透真の性器が擦る。張り出した形を感じ取り、唇を震わせた。

快楽に抗《あらが》いきれない。体を繋げるセックスとは違う種類の喜悦《きえつ》に息を飲む。こんなことで感じたくないと頭では思っているのに、体が感じるのを止められない。

「いくっ……」

机に爪を立てながら、のけぞって体を震わせる。堪《こら》え切れず、窮屈な水着の中に熱を放っていた。

「ああ、熱いよ、司くんの精液……」

気持ちよさそうな声と共に、透真の動きが加速する。彼の息遣いも乱れている。

「出すよ」

「っ……あ、ん……熱いっ……」

透真の体液が、太ももから双袋の周辺に放たれる。

「……ああっ……」

水着の中から、彼の欲望が引き抜かれた。

「司くん、声が大きすぎ」

笑いながら透真がキスをしてくれる。

二人分の体液が、足の付け根から零れ落ちた。太ももに伝うそれを拭う気力もなく、司は机に突っ伏す。零れた唾液が机の表面を濡らしても、唇を閉じることすらできなかった。

この机で、あんないやらしいことをしてしまった。

翌日、自席に着いた司はため息をついた。疑似的な行為で終わったとはいえ、かなりいやらしいことをした。出来るならその記憶を消去したい。そうじゃないと、ここにいるだけで思い出してしまいそうだ。

そんな司をどう思っているのか、透真はごく普通に接してくる。そうするとまるで自分だけが意識しているみたいで、いっそういたたまれない。

ため息をつきつつ、余計なことを考えないようにと仕事に意識を向ける。

「――さあ、行くよ」

西日が差し込む頃、透真が明るい声を上げた。今日は透真と、城東学院大学に行く予定になっている。そろそろ出発の時間だ。

だけど正直言って、気が重い。勇真と顔を合わせなきゃいけないから。

足立家で過ごしたあの週末以来、勇真とはまだ会っていなかった。一体、どんな顔をすればいいのだろう。全く分からない。

それでも仕事に私情を交えるわけにもいかないので、透真と共に大学へ向かう。

悩みつつ向かったプールは、奇妙なほど静かだった。誰も泳いでいない。塩素のにおいはいつもと同じだが、湿度は低く感じた。

「――今日、監督とコーチは……」

「いないよ。今日は競泳部、お休みだから。勇真は自主練習。プールは僕たちしかいないよ」

「そんな……」

騙《だま》された気分で透真を見上げる。そこにジャージ姿の勇真が駆け寄ってきた。

「司さん」

あの、と声を上擦らせた勇真は、顔を赤く染めて目を泳がせた。それを見ると司まで頬が熱くなってくる。

「えっと……」

お互いに気まずくて何も言えずにいると、透真がほら、と肩を抱いてきた。

「何を恥ずかしがってるの？　勇真、改めて司さんに話すっていうから連れてきたんだよ。ほら」

「あ、はいっ」

勇真は頭をかいてから、司に向き直った。

「あの……司さんは俺のこと、嫌いになりませんでしたか」

勇真は瞬きもせず、まっすぐにこちらを見つめてくる。

「えっ……」

嘘や誤魔化《ごまか》しを決して許さないと告げる瞳が、答えを待っている。早くとその目に促されて、司はやっと口を開いた。

「そんなこと……ないよ」

嫌いと言えば、何か変わるのかもしれない。だけど嘘はつけなかった。あんなことをされたけど、彼自身を憎む気持ちは持っていない。自分でも不思議で、説明のつかない感覚だった。それは透真に対しても同じだ。

「よかった」

勇真がほっとした表情を見せる。

「俺たちと付き合ってくれるって言ったの、本当なんですね」

「うわっ」

いきなり強く抱きしめられた。シャワーを浴びたばかりなのだろう、彼の体からは、さっぱりとしたミントの香りがする。

「司さん、俺、あれからずっと司さんのことを考えてます……」

勇真はそう言って、唇を押しつけてきた。

「……勇真くん、だめっ……」

逃げても唇が追いかけてくる。唇の端から舌を差し入れられ、中を探られる。吐息すら奪うような深いキスのせいで、すぐには何も考えられなくなった。

「ふぁっ……」

体から力が抜ける。背骨を抜かれたみたいになって、勇真の支えがないと立っていられない。

「勇真、ここはちょっとまずいよ。休みでも誰か来るかもしれない。今日は更衣室に鍵をかけても大丈夫そうだから、移動しよう」

透真が冷静に言った。

「……それもそうだな」

唇を離した勇真が頷き、司の肩を抱く。

「失礼します」

「うわっ」

いきなり軽々と抱き上げられた。

「お、おろして」

「暴れると危ないです」

そのまま大股で、更衣室まで連れていかれる。置きっ放しだった司の荷物は、透真が持ってきてくれた。

誰もいない更衣室のベンチにおろされた。先日と同じ状況に体を縮めていると、勇真が抱きしめてくる。

「すみません、俺、もうこんなで……」

押し付けられた下肢から、彼の興奮が伝わってくる。結局求められているのはそれなのかと、心が冷える一方で、触れた部分から体が熱くなってきた。

「あれからずっと、司さんのことばっかり、考えてて……」

「やっ、ちょっと、待って……」

耳朶を噛まれ、胸元を探られる。有無を言わさずシャツが引きずり出され、はだけた胸に勇真が顔を寄せた。

「ここ、吸ってもいいですか」

返事も聞かず、胸元に吸いつかれる。甘い刺激にのけぞった。

「あっ……」

まだ埋まったままのそこをちゅくちゅくと吸われる内に、内側の芯が硬くなり始める。そこがぷくりと顔を出すと、舌が絡みついてきてもっと膨らめと催促する。

その下にある副乳を爪先でひっかかれ、体全体が跳ね上がった。

「えっ……や、うそっ……」

透真にベルトを外され、スラックスを剝ぎ取られる。ベンチに膝立ちをさせられ、横にいた透真に腰を摑まれた。

「ちょうどいいものがあるんだ」

そう言った透真の手には、チューブに入ったジェルがある。その準備のよさから、透真が最初からここでするつもりだったのだと分かった。

騙したのかと透真を見上げる。だが彼は微笑みを返してくるだけだった。

「これで慣らしてあげる」

透真が下着を強引に右側に寄せ、窄まりを撫でた。

「……このまま……？」

尻に食い込む下着に驚いて振り返る。

「そうだよ。ほら、指が入ってく……」

「……あ……や、指が……」

濡れた指が埋められる。くちゅっと音を立ててかき回され、入口を拡げられていく。与えられる快楽を覚えてしまったそこは、透真の指を喜ぶようにひくついた。

両方の乳首を露わにした勇真が、満足気に顔を上げる。

「俺も……ここ、弄りたい」

勇真の指が窄まりを撫でた。身じろいだ拍子に、元の位置に戻ろうとした下着を、勇真が強引に押し返した。

「……うわっ……」

二本の指で中をかき回される。両側から拡げられると、そこから体が裏返されそうで怖くなった。

弄られる内に、昂ぶりに熱が回る。だけど下着の中は窮屈だ。だがそのきつさにまで感じてしまう。

「すげぇ、指を吸ってくる」

勇真がぐるりと指を回した。爪が粘膜を擦り、焦《じ》れたような熱を呼ぶ。

「あっ……」

二人に弄られた窄まりが、蕩けるように柔らかくなる。更にジェルを足され、そこがぬかるんだような音を立てた。

「もういいね」

透真がそう言い、指を引き抜いた。勇真も続く。くったりと沈んだ体を抱えられ、ベンチに腰掛けた勇真の上に跨る形にされた。

最奥に熱が押し当てられる。その硬さから、体は勝手に快楽を期待して熱くなっていく。

「っ……」

自分の体重がかかるせいで、奥深くまで貫かれてしまった。食い込む下着の中で欲望が悲鳴を上げた。

「あっ、すごいっ……」

彼の肩に手を回し、ベンチに膝をつく。いっそう深く繋がった部分が、いやらしい音を立てた。

「くっ……奥から、締めてくるっ……やばいっ……」

荒々しく下から勇真に腰を使われて、体が跳ねる。余裕がないのか、彼の口調はいつもより乱暴だ。

「……っ……そんなに締めんなよっ……くそっ、……」

目をぎらつかせた勇真が腰を摑む。穿つ速度が上がる。最奥を激しく擦られ、閉じきれない唇から唾液が零れ落ちた。

「やっ……だめっ……」

感じすぎて怖い。突き上げてくる勢いに頭を打ち振る。

「何が駄目なんだよ、こんなに感じてるくせにっ……」

腰を摑む勇真の指に力がこもった。

「うっ……や、おっき、いっ……」

そのまま好き放題に揺さぶられた挙句、最後はきつく抱きしめられた状態で中へと熱を放たれた。

「……あ、あっ……出ちゃうっ……」

体の奥が熱いもので満たされる感覚が官能を刺激し、司も達してしまう。窮屈な下着の中で。

「っ……」

放ったものがすぐに肌に張りつく異様さに怯え、体を丸めた。先端を露わにしていなかったから、射精したのに違和感があってむずむずする。

それでも快楽に間違いはなかった。詰めていた息を吐く。気がつけば目元が涙で濡れていた。

ゆっくりと勇真が昂ぶりを引き抜いた。崩れ落ちた体を、後ろから透真が支えてくれる。彼の手にはカメラがあった。

この様子を撮影していたのだろう。もうそれを止めたって仕方がない。彼の手元には、既にたくさんの写真や動画があるのだ。

「あー、下着が汚れちゃったね。洗ってあげる。それに今日はちゃんと着替えを持ってきたよ。ほら」

透真がそう言って取り出したのは、紺色の水着だった。

「それは……」

「スクール水着だろ……」

勇真が目を丸くした。

「そうだよ。この前、司くんが着てくれたんだ。すごいかわいかったから、勇真にも見せたくて用意してきたんだよ」

「俺、そういう趣味はないぞ……」

困惑した顔の勇真に、透真が首を傾げる。

「司くんが着るんだよ。見たくないの?」

二人の会話が耳を通り抜ける。どうせそこに、司の意思など反映されない。

疲れた体をタオルで拭われる。透真は勇真に向けて、紺色の水着を広げて見せた。

「昔はここに縫い合わせていない穴があったんだけど、これは新型だから無いんだ。それが残念だよ。あったらそこから司くんのおちんちん出せたのに」

楽しそうな透真に水着を着せられても、司には抵抗する気力が残っていなかった。

スクール水着の上にスーツを着せられて、大学を出る。駅まで歩くのだって辛かった。今日は白いシャツを着ている。上にジャケットを着ているけれど、よく見れば水着を着ているとばれてしまいそうだ。

「こんないやらしい顔をした君を、一人でなんて帰せない」

駅に着くと、透真と勇真も司と同じ方向のホームにやってきた。彼らの家は反対側だ。

「君の家に行きたいな。……ね、いいよね」

「それは……やめてくださいっ……」

彼らを招いたら、家すら自分の居場所ではなくなりそうだ。それが怖くて首を振る。

「そんなかわいい顔で拒んでも、逆効果だよ」

囁きが耳をくすぐる。ホームにやってきた電車は混み合っていた。後ろから押されるまま、車両の連結部近くに乗り込む。

「うわっ」

強く押されてバランスを崩した体を、正面にいた勇真が抱きとめてくれる。

「大丈夫ですか」

「なんとか……」

周囲から頭ひとつ大きい勇真に掴まる。彼からは、体を繋げていた時の傲慢さはすっかり消えていた。

「混んでるね」

後ろに立った透真が囁く。彼の吐息が耳に触れるだけで、体温が急上昇した。

「司さん、顔が赤い」

正面に立った勇真はそう言いながら、司の下肢に触れる。大きな手が欲望を包む。

「だめっ……」

拒絶の言葉は、動き出した電車の音に消される。

「静かにね」

透真が耳元で囁く。腰に添えられた彼の手をどうしても意識してしまって、司は唇を噛んだ。快感の余韻はまだ司の体を包んでいる。ほんの少しの刺激で再び昂ってしまいそうだ。電車の中で興奮するのはまずい。だけど抵抗すると、かえって怪しまれそうだ。

「っ……」

勇真の手が、スーツのボタンを外した。シャツの上からまさぐられる。電車内で何をするのかと呆然と彼を見上げた。彼は欲情を隠しもせず、司の胸元に指を滑らせ、乳首の位置を探り当てる。

「……やめっ……」

埋まっている乳首を強く押しつぶされた。鈍い痛みに眉を寄せる。小さな声で抗議しても、勇真は止めてくれない。その手は大胆にも、下肢まで伸びていく。

「どうしたの、気分悪い？」

透真が心配したような声で囁く。だが彼の手もまた、尻を撫で回していた。

「……」

こんな痴漢紛《まが》いのことはいやだと言いたい。だけど口を開くと甘い喘ぎが零れてしまいそうで、司は黙って頷いた。

「ここ……大きくなった」

勇真に指摘されて、全身が燃え出しそうになった。昂ぶりは確かに水着を押し上げている。こんなところで興奮したくないのに、二人が触るから熱は引かない。

「ううっ……」

二人に囲まれ、身動きが取れない状況で、前後から触れられる。指先の動きに声を我慢するのが大変だ。どんどん体温が上がっていく。

透真の指が尻をそっと割り開く。力が抜けきっていた体は、咄嗟に反応できなかった。

「あっ……」

勇真が放った体液が、後孔から零れてしまった。水着がじんわりと濡れるのが分かって、唇を噛みしめる。

最悪だ。電車の中で、最奥に放たれた体液を漏らしてしまうなんて。

「やめ……」

電車内にいるすべての人が、自分を見ているような気がする。スーツの下にスクール水着を着ているなんて、ただの変態だ。しかも後孔からは、たっぷりと注がれた精液が溢れ出している。

ばれたらどうしよう。冷たい目で見られる自分を思い浮かべ、全身から汗が吹き出した。膝が震えて、立っているのも辛い。

「……やらしい顔になった」

勇真が独り言のように呟いた。小さな声だったけれど、それが周囲の人に聞こえた気がして俯く。

自分は今、どんな顔をしているのだろう。きっと勇真が言うように、とんでもなくいやらしい表情になっているはずだ。男のくせに同じ男に貫かれる喜びを知ってしまった、淫らな顔。

——想像もしたくない。

「声は我慢してね」

後ろから透真が体をぴったりと密着させてきた。その体温すら、今の司には刺激になる。

「ばれたら全部、終わっちゃうから。君と僕の人生だけじゃない。会社も、勇真も終わり」

「……それは」

目の前に立つ勇真を見上げる。彼は黙って視線を伏せた。確かにそうだ。こんなことが公になったら、彼の選手生命は確実に終わる。

「君がそうしたいなら、そうすればいい。どうする？」

勇真の努力がすべて無駄になる。そんなの絶対に駄目だ。

「……そんなこと、なんで今、言うんですか……。卑怯です……」

司の答えに、勇真は唇を噛んだまま目を伏せた。

「そりゃあ言うさ。僕は、君が欲しいんだから。たとえどんな手段を使ってもね。だって君が大好きだから」

透真が首筋に唇を軽く押し当てた。

「好きでもない相手に、こんな場所でいたずらなんてしないよ」

騙されるなと理性が警告している。真面目な顔をしているけれど、彼が言っていることは一方的でとても理不尽だ。

助けを求めるように、勇真に視線を向けた。

「司さん……」

抱きしめるように腕を回される。電車の揺れに合わせて引き寄せられて、彼の胸元に顔を埋めた。

心音の速さが伝わってくる。彼もこの異常な状況に興奮しているのだ。そして後ろからさりげなく腰を押しつけてくる透真もまた、欲望を膨らませている。

誰かに気づかれたらまずいというのに、いやだからこそ、昂っている。三人とも、どこかおかしくなっていないに違いない。そう気づいた途端、目の前の光景が掠《かす》れて見えた。

おかしくなって、何が悪いのだろう。何が正しいかなんて、誰が決めるのか。

司の中で、今まで築いてきたものが崩れ落ち、沈んでいく。その代わり胸を満たしていくのは、快楽への欲求だった。

「んっ……」

頭の芯が蕩けたように熱くなる。体温を持て余して、目の前に立つ勇真に体を擦りつけた。硬い筋肉の感触に、呼吸が乱れていく。もっと触れたい。

「司さん……？」

慌てたように体を引く勇真に微笑みかけた。

「混んでるから……ごめんね」

そう言って、軽く腰を揺らした。勇真が口元を引き結ぶ。その険しい顔を崩してやりたい衝動にかられて腰を押しつけた時、透真が尻を撫でた。

水着のラインをスラックス越しに確認される。昂ぶりが水着の中ではそろそろきついと訴え始めていた。

「……はぁ……」

このまま触って欲しい。滅茶苦茶にしてくれれば、何も考えなくて済む。

だけど電車は減速を始めてしまう。そろそろ司の家の近くだ。もう降りなくてはと考えた時、まず覚えたのは落胆だった。

もう少しこのままでもよかったのに。そう思いながら、勇真に体を擦りつける。彼の目が余裕をなくしていくのが手に取るように分かり、司を煽《あお》った。

自分が吐いた息が湿っている。すっかり発情した体を持て余し、司は目を閉じた。

電車が更に減速する。力の抜けた体を勇真に預けた。彼の体温を近くに感じて、すぐにでも触れたいような衝動にかられる。後ろから腰に回された透真の手がそっと髪を撫でてくれるのが気持ちいい。

自宅に近い駅に電車が着いた。ドアが開き、人に押されるままホームに降りたつ。改札へと急ぐ人々の波から外れた場所で、司は透真と勇真を見上げた。

「……僕の家に、行きましょう」

「いいの？」

透真に聞かれ、黙って頷く。こんな状態で放っておかれてはたまらない。二人を誘い、ふらふらしながら歩き出す。

自宅へ向かう、その道のりがいつもと違って色を無くしていた。近いような遠いような、そんな感覚も分からなくなる。

ただとにかく、今は体の中で暴れる熱をどうにかしたい。

「……どうぞ」

玄関のドアを開けた。狭いから三人も立てない。一人ずつ中へ入る。

荷物を床に置き、深く息を吐いた。電車内で弄られ続けた体の暴走は、もう止められなかった。

「二人とも、こっちに……」

そう言いながら、シャツのボタンを外す。

「司くん」

透真が口づけてきた。勇真が首筋に噛みついてくる。スラックスとシャツ、そして靴下が剝ぎ取られた。

スクール水着一枚の格好は、恥ずかしい。こんなのいい年をした男が着るものじゃないと、分かっている。だからこそ、こんなに興奮してしまうのだ。司はやっとそれに気がついた。恥ずかしくて情けないことは、快感に結びつくのだ。

「水着はそのままでね」

「は、い……」

その場に跪《ひざまず》く。目の高さにある二人の昂ぶりに手を伸ばす。服の上から形を辿り、早く、とねだるように見上げた。

「うわっ」

驚いたように勇真が腰を引いた。

「もう欲しくなっちゃったの？」

透真の質問に頷く。早く滅茶苦茶にして欲しい。何も考えられないくらいに。

「積極的だなぁ。嬉しいよ」

頭をそっと撫でてくれた透真の手に懐《なつ》く。彼の体温が今は心地よい。

「じゃあまず、しゃぶってね。勇真もほら、司くんが欲しがってるよ」

「……いいのか、こんな……」

透真は悠然と、勇真は戸惑いながら、それぞれ昂ぶりを取り出す。目の前に突きつけられたそれに息を飲む。

くっきりと浮かんだ筋や、くびれの段差に陶然《とうぜん》とし、迷うことなく唇を寄せた。二人のそれが、とても愛しかった。

「……ふぁっ……」

手と口を使って、交互に昂ぶりへ奉仕する。二人が興奮してくれるのが嬉しくて、熱心に舐めしゃぶった。

おかしくなってきている自覚はある。何をされても気持ち良くて、頭がうまく回らない。ただとにかく、透真にも勇真にも、気持ち良くなって欲しい。

「……うぐっ……」

喉を擦られるのは苦しかった。それでも二人が感じてくれるから、えずくほど深くまで飲み込むこともできる。

「すごい、いいよ……もう出そう……」

「俺も……やばい、っ……」

二人の体に力が入るのが分かり、抽挿のスピードを上げる。口と手に触れているのがどちらのものかなんて考える余裕はなかった。

「っ……いくよっ……口、開けて……」

「……っ……出るっ……」

大きく口を開いた状態で目を閉じる。唇と舌の上に、熱いものが迸るのを感じた。二人分だから、かなりの量だ。

「気持ちいい？」

「んっ、いいっ……」

含みきれず、溢れた分を指で拭う。すぐに飲むのを透真は好まないから、彼の指示を待った。

彼の愛しげな視線がまるでご褒美のように感じる。瞬きを忘れたように見つめる勇真の視線すら、今の司には愛撫と同じだ。

「よくできたね。じゃあそのまま、くちゅくちゅしてみて」

「んっ……」

言われるまま、口を閉じて体液と唾液を混ぜる。見上げた先に、目元をわずかに染めた透真と、肩で息をしている勇真がいた。

「お口を開けて」

透真に言われるまま、口を開ける。

みっともない顔をしているだろう。分かっていても、何かに操られるようにして痴態を晒していく。気がつけば司自身も興奮し、水着を形が変わるくらい押し上げていた。

「エロい顔してる……」

勇真が呟いた。

「じゃあ、ごっくんってして。僕たちの目を見ながら」

「ンっ……」

二人分の体液を、独特なにおいごと飲み干した。

「……美味しい……」

壊れてしまった。常識とか理性とか、大事なものが、すべて。

代わりに与えられた快楽が脳を痺れさせた。なんでもいい、気持ち良ければ。本能が暴走したまま、司は二人を見上げて口元を拭った。

体の奥が疼《うず》いている。早くどうにかして欲しい。

「上手だったよ」

床に膝をついた透真が、司の眼鏡に手をかけた。ゆっくりと外される。

「次は司くんの番だね」

汚れた口元を舐めた透真がそのまま口づけてきた。顎を固定され、ねじ込まれた舌で口内を探られる。

「んっ……」

唇を重ねたまま、床にあおむけに押し倒された。

自室でこんな格好をして、二人に体を差し出す。その状況にまで昂る自分はどうしてしまったのだろう。

「ここかな」

透真が左の乳首の位置に、昂ぶりを押し当てた。水着の上からそっと擦られる。

「あんっ……！」

右側は勇真が指で揉んできた。そうされるとすぐに乳首が張りつめていく。硬くしこったそれが顔を出すと、勇真も昂ぶりを押しつけてきた。

「はぁ……二人とも、また大きくなった……」

射精したばかりでも熱を失っていない昂ぶりで、両方の乳首を擦られる。先端から溢れた体液が水着を濡らす。少しずつ染みが大きくなっていくのが卑猥だ。

「すごいね、こんなにくっきりと形が分かっちゃうよ」

透真の指が、水着の中で窮屈そうにしている司の欲望に触れる。そこがじわりと潤むのを感じて体をよじった。

「ああ、先走りが染みになってきた。ほら、見える……？」

「もうこんなに濡れてんの？」

勇真が大きな手で、欲望の先端に出来た染みに触れた。

「ぴくぴくしてる。……これ、かわいいな」

そう言って勇真が、そこへ顔を近づけた。

「ゃっ……なに、それっ……」

水着の上から、勇真が欲望に舌を這わせる。形をなぞるような動きにのけぞると、無防備になった胸元を透真に摘まれた。

「もう乳首の位置が分かるね。あとこっちも」

「あひっ……」

乳首の下にある副乳に爪を立てられる。そこから沸き上がる痺れが全身を熱くする。燃え上がりそうな体を持て余し、二人を見上げた。

眼鏡がなくて、視界はぼやけている。だからこそ大胆になれた。

「後ろも、してっ……」

わずかに足を開く。性器だけの刺激じゃもう足りない。ぬかるんだそこを、熱くて硬いものでかき回して欲しい。

「そんなにお尻を弄って欲しいの？　じゃあ今どうなってるか見せて欲しいな。そこで四つん這いになってくれる？」

透真に言われ、体を反転させた。床に膝と手をつく。

「脱がさないのか」

勇真が司の横に腰を下ろした。

「うん。今日はこのまま、ね。……ほら、お尻を見せて」

透真の手が尻の丸みを確かめるかのように撫でた後、水着を左にずらした。露わになった窄まりが、刺激を欲しがって淫らにひくついている。

足の付け根と昂ぶりを水着が締めつける。きつくて苦しいのに息が上がる。

「ああ、中から勇真の精子が出てきちゃってる。もしかして、電車で零しちゃったの？」

透真に聞かれ、首を縦に振る。

「司さんのここ、色が濃くなってる……やらしいピンクだ……」

勇真が窄まりを親指で無造作に拡げた。その手つきが、ぞくぞくとした痺れを呼ぶ。

「やっ、だめっ……」

太い指を押し込まれる。締めつけを確かめるように指を出し入れする勇真に翻弄《ほんろう》された。指じゃ足りない。もっと奥まで暴かれないと、本当の喜悦に溺れられないとこの体が知っている。

「も……そこに、くださいっ……」

お願い、と顔を伏せてねだった。

「……司くんにおねだりされると嬉しいな。……僕からでいいよね」

「……」

勇真が無言で指を引き抜いた。

彼の体液が残った窄まりに、透真が昂ぶりを宛がう。

「じゃあ挿れてあげる」

粘膜を巻き込むようにして、屹立が中へと入ってくる。そのゆっくりとした動きがもどかしくて腰が揺れた。

「っ……もっと、奥も……」

半分くらい埋めては引き抜かれ、焦れた気持ちのまま腰を高く掲げる。

「奥がいいの？　ここじゃなくて？」

透真の昂ぶりが司の最奥の弱みを抉った。強烈な快感に、全身が一瞬硬直し、すぐに弛緩する。

「ンっ……そこ、好きっ……」

「じゃあここ、いっぱい突いてあげるね」

腰に透真の手がかかり、固定される。その状態で弱い場所を抉られたらたまらない。窮屈な水着の中で欲望が解放を求めて脈打つ。

「っ……あんっ……」

膝から崩れそうな体を透真が支えてくれる。窄まりをめくっては戻す出し入れが始まり、息を詰めた。

「あっ……」

口元には勇真の昂ぶりがある。何も言われずともそれを頬張った。

透真に貫かれながら、勇真に口で奉仕する。上も下もいっぱいに満たされることが気持ちい い。

「う、ぐっ……」

勇真の指が後頭部に置かれる。喉を突くほどくわえさせられ、苦しさに呻いた。だらだらと唾液が零れながらも、一生懸命に頭を揺らす。

「水着が食い込んでるね」

左側に寄せられた水着を透真が持ち上げる。指を離され、ぴちっと音がした。水着が肌を打つ、その音にまで煽られる。

「このままいきなよ。恥ずかしがり屋さんの司くんも、今日は剝いてあげない。皮の中に射精したら、さっきみたいに水着の中がぐちょぐちょになるよね」

透真が楽しそうに言いながら、穿つ速度を上げた。

「も、いくっ……」

勇真の手が、ひっこみかけていた乳首を摘まむ。その刺激で、目の前が白く光った。大きな快楽の波に包まれ、高みへと押し上げられる。

「あっ……いく、出ちゃう……」

性器に触れられないまま、極めていた。水着の中に大量の熱が吐き出される。行き場のないそれが、太ももに垂れ落ちた。

それでも透真は腰を緩々《ゆるゆる》と回し続け、勇真は乳首を弄り続けていた。そのせいで、絶頂は途切れることなく続いてしまう。

「ふぁあっ……だめぇえっ……」

快楽の波に飲み込まれ、溺れていく。底が見えない悦楽の中で、司は求められるまま体を揺らし続けた。

「昨日、勇真が帰ってくるのが遅かったんだけど、司くんの家に行ってた？」

「はい」

司は透真の問いかけに頷いた。朝のオフィスは、いつものごとく二人だけだった。

透真と勇真との関係が始まって、三週間が経過していた。

二人に抱かれる生活は、司を変えてしまった。これまでの淡泊さはなんだったのかと思うほど、毎日欲しくてたまらなくなっている。

今も透真と目が合うだけで、発情したみたいに体が熱い。

だけど透真は、会社で最後までしてくれない。そうすると我慢できなくなって、司から透真を誘い、彼の家や自分の家、時には車の中で求め合うのが常だった。

「大会は来週だから、早く帰るように言ってくれるかな」

透真の口調がいつもより硬い。

「……すみません。気をつけます」

昨日の夜遅く、勇真が司の部屋に来た。こんな時間にと心配して早く帰すつもりだったけれど、彼に何度も求められる内にどうでもよくなった。

『やりたいんだよ、司さんと』

そう言って勇真は、すぐに体を繋げてきた。呆れるくらい長くキスをして、乳首がひりひりと痛むまで弄り、副乳を指で弾く。性器を扱いて最奥の締めつけを楽しみ、放った熱を粘膜に塗りこめてはまた動き出す。

　彼の有り余る体力の前で、司は無力だった。ただ揺さぶられて声を上げ続け、望まれた痴態を晒した。勇真が興奮してくれるのが嬉しくて、何でもした。

　最後は玄関で立ったまま求め合った。片足を抱え上げられ、ドアに手をついて後ろから貫かれた時の快感は凄まじく、それだけで達しそうになったほどだ。不安定さにも煽られ、最後はもっとと司から欲しがった記憶がある。

　自分が上げた声はきっと、廊下に響いただろう。もし誰かが通りかかっていたらと、今頃になって恥ずかしさがこみあげてきた。

「司くん？　どうしたの、顔が赤いよ」

　透真の声で我に返る。

「なんでもないです……」

　仕事中だというのに、思い出すと止まらない。埋まっている乳首が、外に出たがってうずうずしている。

「じゃあいいけど。で、司くん。明日の待ち合わせは十一時でいいかな」

「はい。じゃあ、いつもの場所で」

　忘れることなんてないけど、一応携帯に予定を入れる。週末はすっかり、透真と外出し、練習を終えた勇真と合流して過ごすのが当たり前になっていた。

翌日、司は約束の十一時ぴったりに透真と会った。

まず家電量販店に顔を出すのは、透真の趣味だった。彼はとにかくデジタル製品が大好きだ。勇真の大会も出来るだけ撮影しているそうで、持っている機材はプロ顔負けらしい。見せて貰った勇真の大会の映像はどれも綺麗に撮れていた。

新製品のチェックを終えると、ぶらぶらと付近を歩く。

「今日、勇真くんは練習ですか」

「うん。いつも通りだよ。朝、大学までは送っていった。……っと、このお店、見ていい？」

透真が足を止めたのは、彼の印象からするとカジュアルなイメージの店だ。

「ああ、これがいいかな」

彼が手に取ったのは、白と青のTシャツ。掲げてこちらに見せられた。どちらもブランドのロゴだけのシンプルなデザインだ。

「どっちが勇真に似合うと思う？」

どうやら彼は、自分用ではなく、勇真の服を選ぶつもりのようだ。

「……勇真くんのですか？」

「うん。勇真は放っておくといつでもジャージだからね。たまに僕が買ってる」

透真は自然な口調で言った。それが彼にとってはごく普通なことなのだろう。こんな時、二人の繋がりを強く意識させられる。

「優しいですね。……僕は勇真くんなら白だと思います」

「じゃあこっちにしよう。……あ、これ、司くんに似合いそう」

彼が手に取ったのは、淡いピンクのシャツだった。胸元に押し当てられる。

こんなかわいらしい色、自分では決して選ばない。似合わないのではないかと思うが、透真は目を細めて満足そうだ。

「うん、顔が明るく見えていいよ。そうだ、これ、プレゼントしていいかな」

「え、いいです、そんな……」

自分で買います、と手を伸ばす。透真が似合うと言ってくれるなら買おう、それくらいの気持ちでいた。

「いいから、買わせて。……その代わり、僕が脱がせたい。いいよね」

耳元に囁かれる。そばに人がいなくてよかった。黙って頷く。きっと顔は真っ赤になっていただろう。

会計を済ませて店を出る。昼食を取り、書店に寄って新刊を物色する。それから目的もなく歩き回っている内に、夕方になっていた。

「今日はこのまま、君の家に行ってもいい?」

「……はい」

家は片付けてあるから大丈夫と、笑顔で頷いた。

「よかった。じゃあ買物して帰ろうか」

「そうですね。何もないんで」

空いている電車に乗り、駅前のスーパーで買物をする。自宅へ向かう人気のない道では、手を繋いだりもした。

普段の透真は、とにかく優しくて司を大切にしてくれる。そんな風に扱われたことがなかったから、緊張と喜びで鼓動が落ち着いてくれない。ずっとどきどきしている。

「どうぞ。散らかってますけど」

片付けたくせにそんなことを言って、透真を部屋に招き入れた。

「いつも綺麗にしてるよね、司くん。……まずこのワイン、冷やしておこうか」

「はい、じゃあ入れときます」

司の家のキッチンは狭い。二人で並ぶと身動きが取れない状態で食事を作る。

時々キスをねだったり司の髪に口づけたりしながら、透真は料理をした。今日は司が魚を食べたいと言ったからアクアパッツァだ。

透真が料理上手なのは、勇真のために勉強したからだと聞く。今も家政婦と一緒にメニューを考えているそうだ。それだけ気にかけて貰っている勇真が羨ましくなる。透真は何においても勇真が第一だ。

軽く飲みながら夕食を取る。鯛とあさりのアクアパッツァは、狭いキッチンで作ったとは思えないほど豪華な仕上がりだった。鯛は口に入れた瞬間にほろりと崩れるのがたまらなかった。

テレビを眺めながらワインをあけ、ほろ酔い気分でシャワーを浴びる。髪を乾かし合いながら、唇を重ねた。

くすぐったいほど甘い雰囲気の中、自然とお互いを求め合い、ベッドにもつれ込む。裸の透真と体をくっつけあうだけで、不思議な安堵《あんど》を覚えた。

「ここ、膝をついて」

透真に言われるまま、ベッドの上で膝をつき、腰を高く掲げた状態でうつ伏せる。足元に腰掛けている透真には、後孔も性器もはっきりと見えているだろう。

恥ずかしいのに、視線を感じて体が火照《ほて》る。恥ずかしさがこんなに興奮することだなんて、知らなかった。

「いやらしいことをいっぱい覚えちゃったよね、ここ。ひくひくして誘ってくるよ」

透真の指が後孔を撫でる。その動きだけじゃ足りないとばかりに、そこが収縮した。

「そんな、……違っ……」

「どう違うの？　教えて」

透真の指が押し込まれた。

「ああっ……」

硬い爪先に触れられただけで、快感を知っている内襞がうねった。

「吸いついてくるよ。ふふ、僕の指が美味しいのかな。じゃあ、もう一本、あげるね」

「……うっ……」

たぶん中に埋められたのは親指だ。太いそれが、窄まりを拡げた。

「あっ……や、だめっ……」

指を出し入れされて身悶《みもだ》える。

もっとそこを、大きなものでこじ開けて、擦って欲しかった。もう性器だけの刺激じゃ足りない。貪欲に欲しがる体が暴走し、透真の指に吸いついて奥へと誘う。

「もう柔らかくなってきたよ、顔も蕩けてきたね。……かわいい」

頬をそろりと撫でられる。それから、首筋まで口づけられた。

「ここは勇真がかわいがってくれた痕《あと》かな？」

「……えっ？」

なんのことか分からずにいると、透真が首筋を撫でた。

「鬱血《うっけつ》してるよ。気がつかなかったの？」

黙って頷く。

「たぶん……勇真くんが、齧《かじ》ったから……」

やたらと噛みついてくる勇真を思い出して言った。

「齧られて感じた？」

「は、い……」

「いつ齧られたの？　お尻を弄られている時？　それとも、挿れられてから？」

「あっ……」

ぐっと腰を押しつけられる。透真の興奮が伝わってきて、心音が激しくなった。

「挿れてから、……です……」

「そうなんだ。勇真も挿れてからそんなことができるくらい余裕が出来たんだ。それで、気持ち良くなれた？」

嬉しそうな声が耳をくすぐる。そこに覚えた痛みが、するりと口から飛び出した。

「……勇真くんのことばっかり、ですね……」

今、透真の前にいるのは司だけだ。勇真はいない。それなのにどうして、弟のことばかり口にするのだろう。

勇真のことばかり話されるのが悔しかった。

「嫉妬してるの？」

「……それは、その……」

違う、と否定できなかった。悔しい気持ちを抱いたのは事実だ。

「安心して。僕は勇真に欲情しない。だって彼は弟だもの。……僕が抱きたいと思うのは君だけだよ、司」

耳朶を噛みながら、初めて名前を呼び捨てにされた。

「こうしていると、僕の鼓動が伝わるよね。君が欲しくてこんなに高鳴っているの、分かる？」

「……はい」

「僕はね、君が勇真にどんなことをされたのか知りたいんだ。君の口から。……ね、教えて」

喉の突起をそっと撫でられ、くすぐられる。彼が望むならと、のけぞりながら口を開いた。

「ドアに手をついて、立ったまま……勇真くんが、後ろから……」

「後ろから？」

どうしたの、と耳朶を噛まれる。同時に中で指を緩く回されて、肌が粟立つ。

「挿れて、貰いました……いっぱい、突いてくれて……」

その場面が頭の中に蘇る。ドアに手をつき、片足を抱えられて、奥深くまで貫かれた。揺さぶられる激しさのまま声を上げて乱れた。――この部屋での、出来事だ。

「奥に、いっぱい出して貰った？」

「は、い……。溢れる、くらいっ……」

射精の途中でも激しく動いたせいで、勇真の放った体液が零れて太ももを濡らしたことを思い出す。

「そう。勇真は激しいな。……で、僕にはどうして欲しい？」

透真の指が窄まりから引き抜かれる。弄られ続けた窄まりが、強い刺激を欲しがってひくついた。

「……ここに、挿れてくださいっ……」

腰を突き出す。それがどんな淫らなことか、考える余裕も理性もなかった。

「じゃあ、おちんちんが欲しいって言ってみて。かわいくね」

透真に唆《そその》かされ、いやらしい言葉でねだる。腰を振る。彼が求める淫らさに、少しでも近づきたいから。

「欲しっ……おち……ちん……くだ……さいっ……」

卑猥な言葉を紡ぐのに躊躇う理性はもうなかった。

「どこに？　このお尻かな？」

透真の指がそこを開いた。くぱっと音がした気がする。司が透真を求めている音だ。

「力、抜いててね。……すごいな、吸いついてくる……」

「ん、そこっ……あ、入ってくるっ……」

粘膜を擦るようにして、透真のそれが入ってくる。息を吐こうにも、気持ち良すぎてうまくできない。

「奥まで飲み込めるようになったね。司くんは物覚えがいいから嬉しいよ」

すべてを埋めきった状態で、眼鏡を外される。瞼《まぶた》に優しく唇が触れる。くすぐったい感触に身をくねらせていると、今度は瞼の隙間に舌を差し入れられた。

「やっ……」

眼球を舐められる。初めての感覚に鳥肌が立った。気持ちいいのかどうかの判断も出来ない。

ただすごく、透真が近い。

「……司くんはどこもおいしい」

透真が抱きしめてくる。体の奥で彼の欲望が脈打つのが分かった。粘膜がそれを喜ぶようにきゅっと窄まる。だけどそれだけ。透真は一向に動こうとしない。

「動いて、ください……」

「まだ駄目。司くんのお尻が吸いついてくるのが気持ちいいから、もうちょっとこのままでいさせて」

透真はそう言って、繋がった部分をそっと撫でた。

「も……お願い、しますっ……」

これ以上、焦らされたらおかしくなる。腰を振ってねだった。

「どうしようかな。そんなにまぜまぜして欲しいの？　きつく締めつけてくるここ、硬いのでかき混ぜて欲しい？」

「して……して、ください」

羞恥心なんて余計なものは捨てて、快楽の波に溺れる。そうするのが一番楽だと、心はもう覚えてしまっていた。

「抉られるより、かき混ぜられるのが好きだよね」

「……ん……好きっ……」

頷いて腰を揺らす。くちゅくちゅと音を立てて混ぜられると、だらしなく口を開いてしまう。

「奥も？」

「ん、っ……奥も、……してっ……」

素直に快楽を貪ると、どうしてこんなに気持ちいいのだろう。

「すごいなぁ、奥も吸いついてくる」

透真が円を描くように腰を回した。弱みを擦られてのけぞる。

「あ、乳首が出てきてるよ。……こっちも剝いてあげるね」

「……ひっ……」

昂ぶりの先端を露わにされて呻く。

「司くんの体は恥ずかしがり屋さんだけど、その分、感じやすいよね。かわいい」

笑いながら透真が奥を穿つ。強く、弱く、かき混ぜては出し入れされる内に、体全部が悦びに震え出した。

「すごく気持ちいいよ、もういきそう。……司くん、おねだりしてくれる？」

ね、と透真が耳元に囁く。何を要求されるのか、本能が理解して、考える間もなく彼が望むような言葉を口にした。

「……精子を、出してくださいっ……」

お願いします、と腰を振る。ありえないくらい淫らな振る舞いは、透真の好み。——でもそれだけじゃない。卑猥な言葉を口にすることで、司自身も昂る。

「お尻にいっぱい出して欲しいの？」

透真の手が腰にかかった。ねっとりと舐めるように粘膜を擦られる。

「は、いっ……お尻に、飲ませてっ……」

「ふふ、よく言えたね。いい子だ」

この囁きは毒だ。心と体に入ってくると、何もかも麻痺して快楽だけしか欲しくなくなる。

「ご褒美にいっぱい出してあげるよ」

腰を掴む透真の手に力が入った。体全体を揺さぶる激しい抽挿に惑乱する。

「……いく、よ……」

低く掠れた色気のある声が聞こえた直後、体の奥に熱いものがまき散らされた。

「あっ、……出てるっ……！」

「まだ出てるからね。動かないで」

揺れる腰を透真が掴む。奥深くに浴びせられる熱は大量で、それに喜ぶように窄まりが収縮した。

「エッチな孔になっちゃったなぁ。吸いついて離してくれないよ。……ごくごく飲んでるの、分かる？」

「……っ……」

そんなこと言われなくても分かってる。快楽を教え込まれた窄まりは、透真が放った体液を啜《すす》るように収縮している。

「はは、気持ちいいなぁ……。ずっとこのまま、繋がっていたいよ」

透真がうっとりと呟く。

「最初はすごくきついのに、ここは徐々に蕩けてくるんだよね。擦りすぎたらまたちょっときつくなる。君のお尻の変化をずっと感じたいな」

ゆっくりと放った体液を塗りこめるように動きながら、透真が呟く。彼の欲望はまだ昂ったままだ。

「今度一緒に、どこか旅行に行こうか。朝までずっとこうやってハメっぱなしでいたいな。ね、ずっと繋がっているとこ、想像しながらいってみせて」

「……あっ、だめっ……」

極める寸前の昂ぶりを透真が右手で包む。筋を指で辿られ、根元から扱かれて一気に絶頂へ駆け上がった。

「いいから、僕の手にいっぱい出して」

「っ……は、離してっ……も、いっちゃう……！」

焦って身をよじっても逃げられない。透真の手にどくどくと熱を放つ。

「はぁ……」

全身が強張り、そして弛緩した。目の前が白くなる。崩れ落ちた体から、透真の昂ぶりが抜け落ちた。

「……ぁ……」

突っ伏した体をその場でひっくり返される。何をされるのかと呆然と見上げていると、司の左足に唇を寄せられた。

「うそっ……」

足の指を舐めしゃぶられる。その異様さに全身の毛穴が逆立つのを感じた。

「司くんの足で、僕のを扱いて貰おうかな」

左足が透真の欲望に触れた。足の指が卑猥な形をなぞる。

「すごく気持ちいいよ」

透真が息を乱す。手や唇で感じるのと足とではまた違って、奇妙な興奮を呼ぶ。足の裏に擦りつけられる体液の感触にじっとしていられなくなって、体を左右によじる。

右足も持ち上げられ、指を一本ずつしゃぶられる。達したばかりの体は、熱が引く前に新しい火種を埋め込まれて発火寸前だ。

「あ、……足、だめっ……」

左足の親指が透真の昂ぶりの先端を擦ったその瞬間、玄関のドアが急に開いた。

思わず透真と顔を見合わせる。

「……何してんだ」

玄関には勇真が立っていた。鍵をかけていなかったのだと、今頃になって気がついた。

「どうしたの、いきなり」

透真は司の右足に口づけながら言った。

「メールも電話も返事ないから、直接来た。何してんだよ、お前」

「司くんをぺろぺろしてたんだよ」

真面目な顔で透真が答えた。

「……変態」

勇真は露骨に顔をしかめる。

「司さんに変なことばっかするな」

「変なことなんてしてないよ。まあ変態だというのは否定しないけど。……それに、勇真だって興奮しているじゃないか」

悠然《ゆうぜん》と微笑んだ透真が、勇真の手を引いて膝をつかせた。

「司くんの写真を見て、毎晩一人で抜いてるだろ」

「ば、馬鹿、そんなこと喋るな」

勇真は耳まで赤くしてしまう。嘘ではないようだ。

「それ、本当……？」

彼が、自分を思い浮かべて自慰をしている。そこに倒錯《とうさく》的な悦びがあるのは何故だろう。もう自分でも理由が分からなかった。

「勇真くんも……きて……」

手を伸ばす。

勇真は一瞬だけ、迷うようなそぶりをした。それが気に入らない。なんで迷う必要があるのか。

快楽に溺れてしまえば、あとはもうどうでもよくなる。彼だって同じ気持ちのはず。

「……くそっ」

悔しそうに呟いた勇真が、司に口づけてくる。勇真の表情の意味を、考える余裕なんてなかった。

翌週、勇真がエントリーしている国内競技会が行われた。会場は都内の体育館で、司は透真と予選から駆けつけた。

決勝も観客席から見守る。隣では透真がビデオカメラを準備中だ。

「そろそろですね」

選手の名前が呼ばれる。勇真はスタート前の集中に入っていた。

勇真は昨日の予選で一番手タイムを出してはいるものの、あまり調子が良さそうではなかった。

最近、彼の練習をあまり見ていなかったから気がつかなかったけれど、どうやらタイムが伸び悩んでいるようだ。

ライバル不在でモチベーションが保てないのだろうか。国内大会レベルだと、周囲の選手とはとにかく体つきが違う。勇真が圧勝するのは確実だった。

「始まるね」

勇真の姿を撮影しようと、透真がカメラを構える。

スタート位置につく。スタートの瞬間から、あれっ、と思った。水に飛び込む時の勢いがいつもと違う。

「……伸びないな」

透真が呟く。司も黙って頷いた。最初のターンまで、二位の選手とあまり差が開かなかった。泳ぎもいつもと違ってみえる。体がまっすぐじゃない。軸がどうもぶれている。それでも彼は力強く進んでいく。

「……勇真くん……」

違和感を覚えながらも、少しずつ周囲と差を拡げていく彼を見守った。いつものように水と馴染んでいない。まるで水と戦うような勢いで進む。速くはあっても美しくはなかった。

終盤に入ると、スタミナに余裕がある勇真に他の選手がついていけなくなる。

一位は間違いない。だけどどうにもすっきりしない泳ぎだ。力だけで戦おうとしているのがよく分かる。こんなの勇真じゃない。

いつもより、約十五分の時間が長く感じた。隣にいる透真は無言でカメラを向け続けている。

ゴールした勇真が水から顔を出す。ゴーグルを外した彼が、電光掲示板に目を向けた。

表示されたタイムに愕然とした。目標タイムから、五秒も遅れている。勇真にとっては、ごく平凡なタイムだ。

「どうしたんだろう」

カメラを置いた透真が厳しい目をしていた。

「優勝は出来たけど、二位と差が開かなかった。実力の差は圧倒的なのに」

「……そうですね」

タイムを見た勇真の顔には、結果に満足がいかないと書いてある。一体、彼はどうしてしまったのだろう。奇妙な胸騒ぎに、司は全身が強張るのを感じた。


翌日、勇真の練習に顔を出すと、彼はコーチと話している最中だった。

「最近どうした。たるんでるぞ」

コーチの鋭い声が聞こえてくる。

「余計なことを考えないで、とにかく集中しろ」

「はい。すみません」

神妙な顔をした勇真が俯く。コーチは勇真の肩を叩いてから、明日の練習について指示を出し、プールを出ていった。

「お疲れ様」

項垂れている勇真に声をかける。彼は一瞬で表情を明るく変えた。

「司さん、来てくれたんですね」

「うん。昨日は優勝、おめでとう」

微笑みかける。だが勇真の顔は司の一言で凍りついてしまう。

「いえ。すみません、不甲斐ない結果でした」

「そんなことないよ」

「……ありがとうございます。でも、自分で分かってるからいいんです。俺は最低でした」

勇真がそう言ってため息をつく。

あまり余計なことを言うのもいけない気がして黙っていると、勇真に手を掴まれた。

「こっちに来てください」

「え、何っ」

更衣室の横にある、男子用のシャワー室に連れて行かれる。五つのブースが並んだそこには誰もいなかった。

「どうしたの、勇真くん」

「司さん、俺……」

「わっ」

急にがばっと抱きつかれた。まだ水着を着たままの彼の体は湿っていて、それがシャツとスラックスを濡らす。

「離して、……濡れるから。着替えないんだ」

それに、ここはいつ誰が入って来るか分からない。もう残っている人はいないようではあったけど、もしもということがある。

「あ……ごめんなさい」

弾かれたような顔をして勇真が離れる。だが彼の目は、司の胸元へ向けられていた。わずかに濡れたシャツが、肌に張りついてうっすらと透けている。

「……濡れるから、脱いじゃいましょう」

「え？　ちょっと、駄目だって……」

破るような勢いでシャツが脱がされた。壁際のかごに衣類をまとめて放り込んだ彼が、司の手首を摑む。

「こっち来て」

そのままシャワーブースに押し込まれた。二人が立っているのがやっとの狭いスペースだ。

「な、なに……」

にじり寄ってくる勇真から逃げようにも、すぐ壁際に追いつめられる。

「俺、毎日、司さんのことばっか考えてる。今頃どこで何をしてるのかって、想像しただけで会いたくて……」

きつく抱きしめられる。彼の熱い胸元に包まれた状態で、囁くように言われた。

「透真とあんないやらしいことをしてるのかって考えたら、頭も体も、なんだか熱くなって……くそっ」

勇真が壁に手をつく。次の瞬間、頭から冷たい水が降ってきた。

「あっ」

髪の毛がべったりと肌に張りつく。勇真がシャワーのバルブを操作したのだと気がついて、何をするんだと抵抗しても、もうすべてが遅かった。

「や、めっ……」

壁に手をついた勇真が覆いかぶさり、唇を重ねてくる。咄嗟に食いしばった司を宥《なだ》めるように表面を舐め、隙間から中へと入ってくる。

「ん、んっ……」

言葉を飲み込むような激しい口づけをされた。息がうまくできない。頭がくらくらする。膝が笑って立っていられなくなり、勇真の腕にしがみついた。

「……やだっ……」

勇真の右手が司の胸元を撫で、埋もれた突起を摘まみ出そうとし始める。左手は尻を掴み、乱暴に揉んでいた。

性急な手つきにも、慣れた体は反応してしまう。

「あ、ふっ……」

濡れた指が中に入ってくる。反射的に腰を突き出して逃げると、正面にいる勇真と密着する形になってしまった。

「……勇真くんっ……」

昂ぶりを触れ合わせ、熱を伝え合う。その大きさも硬さも知っている。急速に喉が干上がった。目が潤む。降り注ぐシャワーが冷たい。

「司さんを見てたら、我慢できなくなる。……全部欲しくて……」

勇真は水着と白いサポーターを脱いだ。現れた彼の昂ぶりは、既に天を仰ぐまでになっている。下生えは短く切り揃えられていた。

自然と喉が鳴った。そっと触れてみる。手の中でまた大きくなるそれが愛しい。

「俺に摑まって」

怖いくらい真剣な顔をして、勇真が抱きしめてくる。

「でも、……こんなところで、ばれたら……」

「黙って」

鋭い声で言われてしまう。

おざなりに慣らしただけの窄まりに、熱が宛がわれる。有無を言わさず足を抱えられ、欲望が押し込まれた。

「ひっ……やだ、無理っ……」

窄まりをこじ開けて入ってくる熱に惑乱する。肩に爪を立てても勇真はびくともしない。張りつめた肌の感触に目眩がした。

「……いたっ……」

強引な結合に覚えた痛み。だがそれを蹴散らす快楽が訪れる。内襞は、同じ男の性器で擦られることを喜び、淫らにうねり出す。

「あっ……」

肩に壁がぶつかる。不安定な体勢の中で見つけた、少しだけ楽な場所だった。

腰に勇真の手が回る。抱え直された拍子に、繋がった部分に力が入った。屹立の形が分かるくらいに粘膜が絡みつき、勇真が息を詰める。

「……きつっ……」

勇真の吐息が首筋にかかる。鼻先を耳元に擦りつけられ、濡れた髪が肌を撫でた。

しばらくそのまま、どちらも動かなかった。吹き出る汗はシャワーが流してくれる。水音だけがブースに響く。

「はぁっ……」

強張りが解けて息を吐いた瞬間、目が合った。勇真はじっと、瞬きを忘れたように司を見つめていた。

「体だけじゃいやだ。司さんの全部、俺のものにしたい……」

「勇真くん……」

熱っぽい眼差しに酔わされる。顔を寄せてきた勇真に応えるように、司も目を閉じた。唇を一度触れ合わせてしまうと、もう離すのがいやになる。貪るように口づけを交わす。

「んんっ……」

勇真の首に腕を回す。手足を彼の腰に絡めて、これ以上ないくらいに密着した。それでもまだ足りない気がする。舌を吸い合っても満足できない。快楽を知れば知るほど貪欲に求めてしまう。

勇真は司の体を軽々と抱え、軽く揺らした。それだけでも脳まで突き抜けるような快感に襲われる。

「……っ」

誰かがシャワー室に入ってきた気配がする。目を開くと勇真もこちらを見ていた。無言で意思の確認をする。繋がりを解きはしない。そんなことできない。

シャワーブースは足元の十五センチくらいが開いている。足を勇真の腰に絡めているから、ドアを開けられない限りは見つからないだろう。我慢しなきゃいけないのは、声と動くことだ。足が通り過ぎていく。シャワーの水音が、二個隣のブースから聞こえた。

「っ……」

激しい動きはなくとも、気持ちいい。自分の中に勇真の欲望の形、熱さを感じて息が上がる。わずかな摩擦にさえ飛びあがりそうなほど、全身が敏感になっていた。

気持ちいい。細胞が沸騰しそうだ。――だからこそ、怖い。

「残ってんの、勇真か？」

いきなりブース越しに声をかけられ、彼の体が強張った。

「はい。……お疲れさまです」

勇真が喋ると、彼の体から振動が伝わってくる。それさえ刺激になって声が出そうになるのを唇を噛んでこらえた。

「お疲れ。そろそろ鍵かけるけど、お前まだかかる？」

「はい。鍵はかけて出ます」

「じゃあよろしく」

男はそう言って、ブースを出ていく。その口調からして、競泳部の先輩だろう。

しばらくその状態で固まっていたが、もういいですよ、と耳元に囁かれた。

「……ばれるかと思った」

こんなところで、男二人が抱き合っているのがばれたらどうなるか。想像するのも恐ろしい。

「俺は、ばれてもいい」

「えっ？」

勇真の手が腰に回る。抱え直されて、繋がる角度が変わった。彼の欲望をみっちりと根元まで埋められると、尻に彼の短く切り揃えられた下生えがちくちくと当たる。

「俺はばれてもいい。司さんがそばにいてさえくれれば、それでいいんだ。……他に何もいらない」

真剣な眼差しに言葉を失う。彼は間違いなく本気だ。

「……だめだよ、そんなこと」

彼の肩に顔を埋めてしがみつく。

こんなことがばれたら、彼のアスリート人生は終わる。そんなのは絶対に駄目だ。彼には未来があるのだから。

「分かってます。司さんがいやがることはしません」

勇真はそう言って、突き上げるように動き出した。その激しさに溺れながら、司はただ喘ぎ続けた。余計なことは考えたくなかった。

「あ……」

抽挿の度に、いやらしい水音が響く。シャワーの音でも消せないそれが、耳をも犯す。

「はぁっ、も……いくっ……」

弱みを抉っていた勇真の欲望が、最奥で弾ける。注がれる体液の多さにのけぞった体を壁に押しつけられ、首筋を噛まれた。鋭い痛みが目の前を白く染める。

「……っ……、出るっ……」

達する瞬間、手足を勇真に絡みつけた。逞しい体。泳ぐために作られたその体が、たまらなく愛しかった。

「好きだっ……」

叫びと共に唇を押しつけられる。まだ熱を吐き続けている欲望が彼の鍛えられた腹筋で擦られて、司は小さな悲鳴を上げた。


「大丈夫ですか」

「……」

勇真に声をかけられても、司は答えられなかった。鼓動はまだ落ち着かない。その場に蹲っていると、勇真に軽々と抱き起こされてしまう。

シャワーブースで二度も交わったせいで、体の節々が痛む。だけど立ち上がることはできた。

「……服、着ないと」

出来るだけ平静を装い、服を身につける。濡れた髪を乾かしている間に、勇真も身支度を整えていた。

「送っていきます」

「……平気だよ」

「駄目です。送っていきます」

抱き上げて運びそうな勢いの勇真を慌てて制した。

「分かった。一緒に帰ろう」

「はい」

嬉しそうに頷いた勇真と共に、プールを出る。誰もいなくて本当に良かった。

大学を出て、駅まで歩く。話すことなんて何もない。電車に乗っても、ただ並んで立つだけだ。

勇真はあまり口数が多くない。興奮しない限り、敬語も崩さなかった。

「っ……」

駅に近づいた電車が減速した時、体のバランスが崩れた。転びそうな体を勇真が支えてくれる。そこから司が降りる駅まで、勇真は手を離さなかった。

「……おんぶしますか」

電車を降りた途端、勇真が心配そうに司の体に触れてくる。

「大丈夫」

勇真の申し出を笑って断る。まだ体の奥に違和感はあるけれど、歩けないほどではなかった。これくらい平気だ。

二人で並んで駅を出る。目についた看板を指差した。

「……コンビニに寄っていいかな」

「あ、はい」

駅を出て、近くのコンビニに立ち寄る。やる気のない挨拶が迎えてくれた。

目についたそばを手に取った。あとは明日の朝食用のサンドイッチを持ってレジに向かう。

そこでレジ横に書かれた文字に気がついた。

「新しい肉まんが出てるね。買っていこうか。そろそろ何か食べておく時間だから」

「そうですね」

勇真が時計を見て頷いた。勇真は練習後、出来るだけ間をおかずにたんぱく質を摂取するようにしていると透真から聞いている。食事ひとつとっても、アスリートは大変だ。

「じゃあすみません、これ二つ」

肉まんを二つ買い、近くの公園のベンチに腰掛ける。勇真が代金を払おうとしたけれど断った。

「はい」

勇真に肉まんをひとつ渡す。彼が持つとそれがとても小さく見えた。

「いただきます」

「どうぞ」

二人で肉まんを食べる。黙々と。

ほんの一時間前、勇真と体を繋げていた。その時の強引さは鳴りを潜め、彼はいつもの礼儀正しいアスリートに戻っている。

「勇真くん。気持ち良いだけじゃ、駄目なのかな」

前置きもなく呟いた。

彼の本気は知っている。だからこそ、急に怖くなった。この関係は、決して彼のプラスにはなっていない。

「駄目です」

勇真が落ち着いた声で返した。

「そんなの恋人じゃありません。俺はただやりたいだけじゃないんです。司さんが好きだから、抱きしめたい。キスもしたい。……もっとしたい、それだけです。一日中ずっと、司さんのことばっかり考えてる」

愛しそうな眼差しを向けられる。その真摯さに胸が締めつけられた。

これが本当の彼なんだ。

隣で肉まんを齧りながら、なんだか急に泣きたくなった。そうだ、自分が知っていた勇真はひたむきで、まっすぐだった。

彼の根本は変わっていない。まだ間に合う。これ以上、彼が歪んでしまう前に、元の道へ戻してあげないと。

肉まんを食べ終え、立ち上がる。勇真も立ち上がった。

「もうここでいいよ。一人で帰れるから。……おやすみ」

突き放すように彼の体を押す。

「でも……」

勇真の目がわずかに泳ぐ。

もしこのまま彼を自宅に連れていくと、どうなるか。想像はついた。

「いいから、先に帰って。……少し一人になりたい」

司の一言が、重たい沈黙を呼ぶ。勇真は少し間を置いて、分かりました、と言った。

「おやすみなさい」

戸惑った顔をしながらも、礼儀正しく頭を下げて去っていく姿を見送る。

彼の気持ちはよく分かっている。本気で司を好きになってくれた。夢中になってくれるのは嬉しい。

でも、彼は世界を目指すアスリートなのだ。今は恋愛にうつつを抜かしている場合ではない。

「……僕のせいだ」

勇真のタイムが落ちてきたのは、自分にも責任がある。司の存在は集中力の妨げになっているに違いない。彼の言動や態度からもそれが分かる。今の彼は、練習よりも司を優先する勢いだ。

ではどうすればいいのだろう? 司から離れれば、勇真は水泳に集中できるのか。――いや、それだけじゃきっと駄目だ。もし司と透真との関係が続けば、勇真は気にするはずだ。

二人から離れるしかない。それが一番いい方法だと思う。だけど他に方法はないのかと、頭が悪あがきを始める。

胸に巣食う感情の行き場を持て余し、司は湿った息を吐いてから歩き出す。自宅へ向かう足取りは重かった。

翌日から透真は二日間、地方工場に出張だった。

その間、司は自分がどうすべきか考え、ひとつ結論を出した。

「失礼します。今、よろしいですか?」

滅多に足を踏み入れない喫煙室で、部長に声をかける。司の直属の上司は透真だ。彼が出張中なのは今日まで。部長に話すチャンスを逃すわけにはいかないと、焦ってとにかく辞めたいと切り出した。

「――辞めたい……? どうしたんだ、いきなり」

部長は司の話に顔色を変えた。

「ここじゃなんだから、そっちで聞こう」

喫煙室の脇にある打ち合わせスペースに誰もいないのを確認してから、改めて切り出した。

部長は司の話を聞き終えてから、改めて問いかけてくる。

「急な話だが、何か事情でもあるのか」

「事情は……その……」

二人から離れることしか考えていなかったから、そう聞かれて困った。口を噤《つぐ》む司を見て、部長はため息をつく。

「とにかく、今君に辞められるのは困る。考え直してくれ。仕事が合わないなら、異動という手もあるから」

呆れたような口調に聞こえるのは気のせいじゃない。考えたつもりでいたけれど、端《はた》から見ればただ短絡的な答えを出しただけだ。

己の未熟さを痛感し、恥ずかしさに消え入りたくなる。

「……分かりました。ありがとうございます」

これ以上、部長と話してもきっとどうにもならない。ひとまず会話を終えるべく、司は部長に頭を下げた。

その日の仕事は急いで終えた。定時を過ぎるとすぐ会社を出て、城東学院大学へ向かう。

勇真にもう会うのはやめようと言うつもりだった。まずは彼とちゃんと話し合うのが先だったと、今頃になって思い至ったのだ。

司の顔を見るなり、勇真が近づいてくる。コーチが苦い顔をしているのが目に入って、慌てて押し止めた。

「来てくれたんですね」

「うん。終わるまで待ってるよ。話したいことがあるから」

「分かりました」

練習に戻った勇真の姿を目で追う。今の内に、彼が泳ぐ姿を目に焼きつけておきたい。

プールに入った勇真が泳いでいく。今日はフィンをつけているから、まるで人魚のようだった。

美しい泳ぎに見惚れる。日本記録の更新が期待される、オリンピック代表候補。

彼は毎日、努力している。それを無駄にはさせたくない。そのためには、集中できる環境が必要だ。そしてそこに、司は必要ない。むしろ勇真の集中力を乱す、邪魔な存在だ。

練習が終わると、駆け寄ってきた勇真に着替えるように言った。いよいよだ。どうやって切り出そうか考えている内に、プールから人の姿が消えていく。

プールに一人という状況はどうにも落ち着かない。勇真はまだかな。そう思って振り返った時、こちらに歩いてくる透真の姿が目に入った。

「ここにいたんだね」

「……今日は、出張じゃなかったんですか」

「うん。まっすぐここに来たよ」

透真は司の正面に立った。

「司くんと話したかったからね。……どういうことか、ちゃんと説明して欲しいな。なんで辞めたいなんて言ったの。辞めてどうするつもり？」

「……なんでそれを……」

どこから耳に入ったのかは明らかだ。だって会社を辞めたいという話は、まだ部長にしかしていないのだから。それをわざわざ、出張中の透真に伝えたのか？

部長の口の軽さに驚いて固まっていると、透真に肩を掴まれた。

「ちゃんと話して。どうして辞めたいなんて言ったの」

真摯な目に促され、ぽつぽつと口を開く。

「このままだと、勇真くんが駄目になります。今回だってタイムが落ちたのは、追い込み時期に僕と……その……」

口ごもりつつ、思っていることを口にする。透真は真剣に聞いてくれた。

「本当に勇真のため？」

目を見て確認される。一瞬の逡巡《しゅんじゅん》の後、視線を外して頷いた。

「……分かった」

透真の声に重なるように、ドアが開く音がした。顔を上げる。着替えを終えた勇真が更衣室から出てきていた。

「勇真、ちょっと」

「なんだよ、来てたのか」

大股で近づいてくる勇真の姿が目に入った。眩しいくらいに爽やかな表情を浮かべている。

「司くんが会社を辞めるって言い出した。……勇真が駄目になるからって」

勇真がどんな反応をするのか見たくなくて、顔を伏せた。

「……俺の、せい、ですか」

問いかけに口を噤む。そうだと頷かなければいけない状況と分かっていても、出来なかった。勇真を傷つけるのは本意じゃない。

「俺が、不甲斐ない結果しか出せなかったから……」

「違う、違うんだ。君はちゃんと優勝したじゃないか。ただ、その……集中しなきゃいけない時期に、僕は君の邪魔になっていたと思うから」

「そんなことありません！」

勇真の大きな声がプールに響く。その音量に凍りついた。

「司さんが邪魔だなんてそんな、ありえない！」

肩を摑んで揺さぶられる。視界がぐらぐらと揺れた。足元から崩れそうになっても、勇真は力を緩めない。

「勇真、落ち着いて」

静かに割って入った透真が、勇真の手を司から引き離す。

「僕や勇真の気持ちが、君を苦しめていたみたいだね」

ごめん、という一言が胸を打つ。誰も何も言わない時間が続く。それを破ったのは勇真の低い声だった。

「司さん。俺、次の大会まで、司さんには指一本触れません」

力強い声に名前を呼ばれて顔を上げる。勇真は瞬きもせず、司を見据えていた。

「集中して、必ず結果を出します。その時まで、俺たちのことを考えてください。俺は司さんとちゃんと付き合っていきたい」

勇真が口元を引き結ぶ。

「……勇真くん……」

こんなに真剣な顔で懇願されるほどの価値が、そして受け止めるだけの力が、自分にはあるのだろうか。

「それはいいね。じゃあ僕も、君に触れないと誓うよ。勇真が我慢しているんだから、僕も我慢する」

「……主任」

透真までそんなことを言い出して驚いた。

「僕はいつだって君を抱きしめたい。大好きな人だから当然のことだよ。でもそれで勇真が嫉妬するのはいやだ。勇真も僕にとって大切な存在だから」

分かってくれるかな、と透真が司の手を取った。

「辞表は保留にして欲しい。君が望むなら、違うプロジェクトに異動させることも考える。だから辞めないでくれないか」

いつになく真剣な口調の透真に押され、司は頷くしかなかった。


翌日、司は部長に会って頭を下げた。考えなしに辞めたいと口走ったことを詫《わ》びる。

「すみません、もう少し、考えさせてください」

昨日の話し合いで、勇真の結果が出るまで待ってみようと決めた。どうなるかは分からないけれど、とりあえず辞表の撤回をさせて貰う。

「……おお、そうか」

司の話を聞きながら、部長は露骨にほっとした顔をして、うんうんと頷いた。自分が透真に喋ったことに対しては、特になんとも思っていないようだ。

「まあ君にも色々とあるだろうけど、来月の個人面談の時にまた詳しく聞くから」

な、と肩を叩かれる。

「はい、お願いします。……お騒がせしました」

会社を辞めればすべてがうまくいくと思っていた。だけど物事はそう簡単じゃない。自分の浅はかさを悔やむ。

「やぁ、よかったよ、うん」

何度も頷く部長に一礼してその場を去る。

いろんな方向に迷惑をかけた。その分は仕事で頑張るしかない。心に誓って、司は透真のいる自席へと戻った。

「……主任。部長と話してきました」

席に着かずに報告する。透真はそう、と頷いた。

「なんて言ったの？」

「もう少し考えます、と言いました。だから主任、……しばらくよろしくお願いします」

司の答えに、透真がわずかに目を見開いた。たぶんこの内容で、彼は察してくれたはずだ。

「ありがとう。……こちらこそ、よろしくね」

透真が頭を下げる。司は恐縮しつつ、自分の席に腰を下ろした。

ほんの少し前の自分たちに戻る、それだけだ。特に意識する必要はない。司は自分自身にそう言い聞かせ、ディスプレイに目を向けた。辞めたいと口走ったせいで透真にかけた迷惑を、早く仕事で挽回《ばんかい》したかった。


通勤電車の中、司には楽しみがひとつ増えた。勇真からのメールが来るようになったのだ。

勇真は今週、高地での合宿に入っている。低酸素環境に滞在して水陸トレーニングをするのだ。そうすると血液の成分が変化し、翌週の大会にはいい状態で入っていける。

最初にメールをしたのは司だった。透真から勇真の合宿話を聞き、励ましのメールを打った。その日の夜に返事があり、メールへのお礼と共に、これで頑張れますと書いてあった。

その一言がなんだか嬉しくて、またメールを書いた。返事はすぐに来た。そうやって、勇真とのやりとりが始まった。

もちろん、指一本触れないと誓って頑張っている勇真の邪魔にならないように、メールは一日二通までと決めている。その代わり、勇真からのメールは、内容を覚えてしまうくらい読み込んだ。

自宅に帰ってシャワーを浴びている間に、勇真から夜のメールが入っていた。

「あ、返事きた」

もう遅いから来ないかと思っていた。弾む気持ちでメールを読む。今日の練習のこと、食べ物のこと、内容は無難なものばかりだ。

当たり障りのないことでも、返事があるだけで嬉しい。彼がまだ自分を好きでいてくれる気がするから。

「……好きでいてくれる、か」

浮かんだ気持ちを口にした途端、体の芯が震えた。自分は今、何を思った？　勇真に自分を好きでいて欲しいと思っているのか？

なんて都合がいい夢だろう。そもそも、透真と勇真という兄弟どちらともあんなことをしておいて、まだ好きでいて欲しいと願うなんて。

熱から冷めて冷静になると、自分がしてきたことがどれだけおかしかったのか分かる。同性の、しかも兄弟二人と体を重ねるなんて、普通じゃなかった。

「……もう寝よう」

それがいい、と自分に言い聞かせる。考えたって仕方がない。

ベッドに体を横たえて、目を閉じる。だけどどうしたって、二人のことを考えてしまう。

大会が終わったら、自分は勇真になんと言えばいいのか。ちゃんと考えてくれと言われた。それはつまり、勇真の告白を受け入れるかということだろう。

もし勇真と付き合うとしたら、透真はどうなる？　彼と勇真を比べるのは無理だ。だって、司は二人とも同じくらい……。

続く言葉にため息が出る。自分の正直な気持ちはぼんやりと分かってきたけれど、認めるのが怖かった。こんなふしだらな願いなんて叶うはずがない。

なかなか寝付けないまま、やがて朝がきた。

習慣のように携帯を確認し、メールがないことに寂しさを覚えつつ、身支度を整える。

いつもの時間に家を出たはずなのに、電車に乗り遅れてしまった。出社時間に余裕はあるけれど、どうにも落ち着かない。

駅から会社まで早足で向かう。

「おはようございます」

「……おはよう」

既に出社していた透真に挨拶をして、席に着く。パソコンの電源を入れ、仕事を始めた。

電話も鳴らない、静かな一日。目の前にいる透真が、近くて遠い。その距離感を意識すると辛くて、顔を極力上げずに過ごす。

終業時間前に、作った資料を透真に渡した。

「主任、この会議の資料です。確認お願いします」

プリントアウトした書類を見せたら、ありがとうと受け取られた。

「うん、チェックしとくよ」

透真の態度は、以前に戻った。むしろ意識しているのは司の方だ。

ペンを持ってチェックする、透真の指先に目がいく。この指が自分に触れた時のことを思い出して、頬が火照った。

「……どうしたの？」

透真の声で我に返る。彼は書類を司に向けていた。

「数字の根拠となる日付を忘れてるよ。それがあれば完璧かな。お疲れさま」

「は、はい。すぐ直します」

「明日でいいよ。僕はもう帰るから」

透真がそう言って時計を指した。ぴったり五時になっていた。

「早いですね」

定時になった途端に帰り支度を始める透真に驚く。彼は軽く肩を竦めた。

「うん。今日は勇真が帰ってくるんだ。……じゃあ、お先に失礼するね」

「お疲れさまです」

透真が帰っていく。一人残された司は、書類を手に自分の席に戻った。

足元がぐらぐらと揺れる感じがする。机に掴まり、深く息を吐いて椅子に座る。何かが足りない。おかしい。だけどそれが分からず、やる気もどこかへ出ていったままだ。

ため息をひとつついてから、資料を直し、戸締りをしてフロアを出る。

会社に行き、仕事をして、家に帰る。当たり前の一日を過ごしているはずなのに、自分を包む空気が重いのはどうしてだろう。

気がつけば電車に乗って自宅へ向かっていた。心はどこかに置きざりのまま、たくさんの人と共に改札から吐き出される。

機械的に足を動かし、通い慣れた道を進む。そうして辿りついた自分の部屋は、やたらと窮屈に感じた。

ただいま、と誰もいないのに声を出す。服を脱ぎ、食欲はないけれど冷蔵庫を開けた。一人で食べる食事は寂しい。適当にあったものを食べ終えると、もう何をしていいか分からなかった。

帰ってきてからの時間を持て余す。これまで自分はどうやって一人で過ごしてきたのかと不思議に思うほど、一日が長い。

勇真からメールがないのは、もう彼が自宅にいるからだろうか。

ため息しか出ないままシャワーを浴びる。アルコールでも買っておけばよかったと後悔しつつ、ベッドに寝転がった。テレビは付けたものの、うるさく感じてすぐ消した。

透真と勇真は、今頃何をしているだろう。自宅で食事をして、それから……。

考える内に沸き起こるむずむずする感覚に気がつかなかったふりをして、目を閉じた。このまま眠ってしまえと、布団にくるまってはみたけれど、目が冴えるばかりだ。

「はぁ……」

あおむけになり、天井に息を吐く。

「……なんで、……もう……」

質量を増した欲望に触れる。最近、触れてもいなかったそれが、存在を主張していた。欲望というより義務にも似た行為で、熱を散らすしかないだろう。あんな快感を覚えてしまう前は、ずっと自分で慰めてきたじゃないか。あれをもう一回、やるだけだ。

昂ぶりを右手で握る。生えかけの下生えに指が触れる。ちくちくとした感触が不自然だ。こんなのなくてもいいんじゃないかという考えが一瞬頭をよぎる。

「ないって……」

声に出して自分を否定した。いくらなんでも、二人に影響されすぎだ。

深く息を吐いてから、事務的に手を上下させる。充分な硬度になったら、先端を露出させ、窪みにつぷりと滲む体液を、くびれの辺りまで塗った。

充分濡らしてから、指で輪を作り、根元から扱く。

「っ……」

足りない。こんなんじゃ達することはできないと、体が不満を訴える。それでも手を休めずに扱いてみたけれど、興奮は続かなかった。

体の芯が乾いたままで、潤う気配すらない。もう駄目かも。諦めて、中途半端に昂った欲望から手を離す。

「……なんだよ、もう」

こんなの初めてだ。自分はもう、なんにも反応しないのだろうか。あんなことをさせられ続けて、体が快感に対して鈍くなったのかもしれない。

おのれの体の変化が、急に怖くなった。違う、自分はまだちゃんと欲望を抱けるはずだ。それを確認したくて、司はノートパソコンに近づいた。

検索すれば、扇情的な画像が見つけられるだろう。——でも。

透真に渡された、USBメモリを手に取る。渡されてから、一度も見たことがなかったそれ。これを見たら、きっと自分は反応する……。

見えない何かに操られるようにして、メモリをパソコンに接続した。フォルダには自分の名前が付けられていた。あとは単純に数字が羅列しているだけ。

恐る恐る、写真の一枚をクリックする。

「……っ……」

そこにいるのは、淫らな自分だった。射精した直後の顔、勇真に抱かれている時の恍惚とした表情や、透真の性器を口に含んで奉仕している姿。どれも快楽に溺れているけれど、満たされてもいる。

こんな淫らな自分を認めるのは怖い。否定したいのに、体は次々と沸き上がる欲望で熱くなっていた。乾いた部分が急速に潤い、呼吸が浅くなる。

与えられた快楽を思い出した欲望が、熱を帯びて質量を増していた。そっと触れ、露出させた先端を撫でた。

透真なら、いやらしい言葉を口にしながら、優しく欲望を口に含んでくれた。勇真なら、呼吸もできないくらいに激しく後孔を突き上げてくれた。

二人を思い浮かべてする自慰に、体は昂っている。だけど同時に、ひどい虚しさも襲ってきた。どちらかを選べないばかりか、二人とも欲しいと願うなんてどうかしてる。分かっていても、手が止まらない。

「うっ……」

それでも絶頂はやってくる。普段使うティッシュを用意する間もなく、手のひらに熱を放った。

「……はぁ」

手を濡らした体液の温さがひどく惨めで、唇を噛みしめる。

まだ欲望は抱けると分かった。だけど心は決して満たされてはおらず、飢えている。――欲しいのは、体だけの表面的な快楽ではない。それを実感して、司は目を閉じた。

そんな快楽、一人じゃ手に入りそうにない。

翌週、競泳の国内大会が始まった。この結果によってオリンピックの代表選考会を兼ねた日本選手権への出場が決まるという、重要な大会だ。もちろん勇真もエントリーしている。

連日テレビ中継とスター選手の活躍によって、大会は盛り上がりを見せていた。

最終日、司は大会会場のある湾岸地区の駅で降りた。改札を出たところに立っている透真へ駆け寄る。

「遅くなってすみません」

約束の十分前だけど、彼をいつからここで待っていてくれたのだろう。

「いいよ、僕も今来たとこだから」

透真は笑みを浮かべて、足元に置いていた黒くて大きな鞄を肩にかけた。撮影機材が入っているようだ。

「じゃあ行こうか」

歩き出した透真に続く。会場は混雑していた。

関係者用のパスを持っているのだが、勇真の邪魔をしないために顔を出すのは控えた。一般観客席に座り、各種目を見守る。

「勇真くん、調子がいいみたいですね」

昨日の予選は順調。記者に囲まれている勇真には話しかけられず、せめてもと頑張ってとメールした。

返事は一言、頑張りますとだけ書かれてあった。

「……そろそろですね」

前の種目が終わる。選手たちに拍手を送ってから、準備が整うのを待った。

「そうだね」

選手紹介が始まり、司は姿勢を正した。透真はビデオカメラを向けている。

コースに立つ勇真は、一際大きく見えた。拍手も声援も大きい。

立っている姿だけで、彼の体に余計な力が入っていないと分かった。これは期待できる。

いよいよだ。位置につく勇真を、祈るような気持ちで見守る。

スタートの瞬間、勇真以外の選手が見えなくなる。放物線を描いて飛び込む姿。一度沈んでから、浮かび上がって水をとらえる。水中に引かれたラインを滑るかのようにまっすぐ進んでいく。調子がいい時の、安定したストロークだ。

ターンの瞬間は息を詰めてしまう。少しでも前へ進んでと、祈るように見つめた。――大丈夫、彼は集中できている。

スタートから頭ひとつ抜け出していた勇真は、その差をぐんぐん広げていく。順調なレース展開だ。

　だが五分経過したあたりから、少しずつラインが揺れるのが分かった。右に寄っているように見える。左手の動きが、ベストのフォームからぶれていく。

　徐々に頭の位置もずれてきて、二位の選手との差が広がらなくなってきた。

「勇真……」

　デジタルカメラを構えていた透真も呟いた。

「……頑張って、勇真くん」

　両手を合わせて祈っていると、勇真のフォームが持ち直した。声が届いたような気がして、彼の名前を呼び続ける。

　誰よりも速く泳ぐ、その姿が眩しい。本当に綺麗だ。こんなにも水の中で美しく泳げる生き物がいるなんて信じられない。

　力強く進む勇真の姿に、瞬きを忘れた。体育館の声援は聞こえないのに、彼がキャッチした水を後ろに押す音が耳に届く。

　一秒がこんなに長いものなのか。無意識の内に手を強く握っていた。

「頑張れっ」

　それしか言えない。司にできることはそれだけだから。

　後半に入っても、勇真の勢いは衰えなかった。ベストのフォームへと修正した彼は、圧倒的なスピードで泳いでいく。すべての動作に無駄がない。洗練されたストロークは美しくて力強く、王者の風格すら感じさせた。その速度に、誰も追いつけない。彼だけが別次元だ。

瞬きも忘れ、彼の動きを目に焼きつける。あと五メートル。タイムを見る余裕はないけど、絶対に速いと分かる。

「勇真くんっ……！」

失速することなく勇真がゴールした瞬間、会場がどっと沸いた。

圧勝だった。電光掲示板が、暫定《ざんてい》タイムを表示する。十五分を切っている。大会新記録。日本新記録までも、あと一秒。オリンピックも確実なタイムだ。

「やった！」

気がつけば、隣にいた透真と手を握り合っていた。

「ありがとう。……司くん、君のおかげだよ」

透真がそう言って、手を離す。

「……僕は何も。勇真くんが頑張ったからです」

ゴーグルを外した勇真が、電光掲示板のタイムを確認し、右手を突き上げた。それに答えるように、司は透真と大きく手を振り返した。

「あらためて、優勝おめでとう」

「ありがとうございます」

その日の夜、大学の打ち上げが終わった後、司は二人と共に足立家へお邪魔した。

社長たちと勇真の優勝を祝う。それから両親が眠るのを待って、透真の部屋で再び祝杯を上げた。

「よく頑張ったよ」

いい子だと透真が勇真の頭を撫でる。透真は少し酔ったのか、目元が赤く染まっていた。勇真は未成年だからと飲酒しておらず、素面《しらふ》だった。

「子供扱いするなって」

煩《わずら》わしげに透真の腕を払った勇真だが、その表情は柔らかい。

「で、司くん。今日ここに来たのは、答えを聞かせてくれるからだよね」

二人の視線が自分に集中する。司は覚悟を決めて、はい、と背筋を正した。

「ごめんなさい。僕には、二人のどちらかを選ぶことはできません。……だから、……」

その先を口にするのが怖くて押し黙る。

「だから、どうしたいの？　僕と勇真、どちらとも嫌い？」

透真は穏やかに問いかけてくる。

「そうなんですか、司さん……」

顔面蒼白になった勇真は肩を落としていた。

「そうじゃないです。……僕は、その……」

二人を傷つけない言葉を慎重に選びながら、視線を落として言った。

「透真さんも勇真くんも、同じくらい好きです。そこに順番は付けられません」

勇気を出して、考えた結論を口にする。

だって本当に、選べないのだ。二人にもそれぞれの魅力があり、そして司は同じだけ二人を好きだ。どちらかと付き合うなんてことは出来やしない。

「僕たち二人を好きなら、両方と付き合うっていう選択肢はないのかな？」

透真が微笑んだ。

「え？」

当たり前のように言われても、すぐに理解できなかった。

二人と付き合う。そんなことがありえるのか。

「……二人とも、と？」

「そう。だって僕は、君を独り占めしようとは思っていないよ。どっちか選べなんて、僕たちは言ってないよね？」

透真の言葉に耳を疑う。確かに、どちらかを選べなんて言われていない。だけど、ちゃんと付き合うって、一対一のことじゃないのか……？

「勇真はどう？」

立ったままの勇真を透真が見上げる。

「俺は……」

勇真は唇を引いて、少しだけ目を泳がせた。

「できるなら独占したいと思ってる」

司を見て言い切った勇真は、でも、と間を置いてから続けた。

「俺にとって、透真は他人じゃないんだ。ずっと、透真のものは俺のものだった。透真は一緒にいて当たり前なんだ。だから透真なら構わない」

勇真の発言に驚いて瞬きを忘れていると、透真が微笑みかけてくる。

「この通り、僕たちはどっちかを選んで欲しいとなんて思っていないんだよ。だから二人と付き合って欲しい。あとは司くんの問題かな」

「そんな……」

まさか二人が、そんなことを本気で望んでいると思わなかった。

二人と付き合う。それは司にとっては夢のようだけど、恋人としては不誠実ではないのだろうか。混乱のあまり透真と勇真を交互に見つめる。二人とも、ふざけた様子はかけらもない。

「どっちが一番かなんて、日替わりでもいいよ」

透真がうっとりするような優美な表情で言った。

「日替わり？」

あまりにライトな表現に耳を疑う。だが透真は、それが当たり前とばかりに続ける。

「そう。日によって、肉が食べたい日も魚が食べたい日もあるでしょう。好きな順番なんて、その程度のものだよ」

笑顔に言葉を失う。本当にそんな簡単なことなのだろうか。信じられずに勇真を見やると、彼は顎に手を当てて考え込んでいた。

「肉と魚……俺は肉か……」

「ただの例えだから。気にしなくていい。……つまりまあ、司くんの気持ち次第ってことだよ。僕たちはそれを受け入れる」

どうかな、と透真は司を見つめた。

「俺たちの、この重たくてうざったい気持ちを受け入れてくれるのは、司さんだけです。……だからお願いします」

勇真が頭を下げる。

「ね、欲張りになってみよう。だからね、僕たち二人を愛してくれない？」

二人の視線が司に注がれる。

それぞれの魅力を持った、この兄弟が自分を選んでくれた。——どちらも失わないで済む。これ以上の結論なんて、きっとない。

だけど。

「また同じようなことになったら、どうするんですか……」

司は俯いた。自分の存在がその邪魔になるのはいやだ。

「同じ間違いはしません」

勇真が言い切る。

「俺、司さんと付き合えるのが嬉しくて、目の前が見えなくなってました。でももう大丈夫です。自分の目標に向かって頑張ります、だからそばにいてください」

「僕も勇真が暴走しないようにする。そうやって三人で、前に進むのはどうかな」

透真の指が司の耳をそっと撫でた。

三人で、前に進む。そんな都合のいい展開があるかと理性が諭《さと》す。

だけど、と唇を噛んだ。このまま二人の気持ちを失うのが怖い。彼らのそばにいたい、その願いが司を満たす。

「……よろしく、お願いします……」

頭を下げる。顔を上げるのが怖かった。もしかするとこれは夢じゃないか。冗談を本気にしたという可能性もある。

呆れられたらどうしよう。急に襲ってきた不安で心が折れそうになった時、両側から肩を抱かれた。

「司さん、俺に優勝のご褒美をください」

勇真に顔を覗き込まれた。

「ご褒美……？」

「はい。……司さんが欲しい」

ぎゅっと腰を抱き寄せられた。硬いものが足に当たる。それが勇真の欲望だと気がついて、息を飲んだ。

「すごい……もう、こんなに？」

まだ何もしていないのに、どうしてこんなことになっているのだろう。

「練習中、ずっと我慢したから……そろそろまずい」

恥ずかしそうに言いつつ、勇真が首筋に噛みついてくる。それ以上しないのは、司の返事を待っているからだろう。

「僕が、ご褒美になるなら、その……。何をすればいい？」

「司さんっ」

「うわぁぁ」

感無量といった表情の勇真に抱きつかれ、そのまま勢いよくベッドへ押し倒された。

「危ないな。もっと優しくしてあげて。僕の大切な司くんに怪我をさせたら怒るよ」

透真が苦笑しつつ、大丈夫？　と司の顔を覗き込んできた。頷いて後ろに手をつき、上半身を起こす。

「……司さんは透真だけのものじゃないだろ。俺だって司さんのことが大事だ。傷つけたいわけじゃない」

勇真はそう言って、司の首筋に顔を埋めてくる。

「っ……」

頬を擦りつけられたかと思うと、顎を持たれて唇を奪われた。触れる吐息が熱い。

「俺のも、触って」

勇真は躊躇いもなく下着を引き下した。露わになった下肢に目を見張る。

彼の体毛は、綺麗に剃り落とされていた。隠すものがない分、それの形と大きさがよく分かる。既に下腹部につきそうなほど昂っているから、浮き上がった筋やくっきりとした段差まで確認できた。

「……そんなに見なくても……恥ずかしいです」

わずかに頬を赤らめた勇真がぼそりと呟く。

「どうしたの、これ……」

何度も触れたことがあるはずなのに、まるで知らないもののように見えた。卑猥な形ではあるが、どことなくかわいくも感じる。

「試合の前に全部剃りました」

「だからかな。すごく大きい……こんなに大きかった……？」

そっと手を伸ばし、昂ぶりに触れた。熱さに驚いてすぐ引っ込め、まじまじと先端から溢れそうな蜜を見つめる。

ぴくりと反応したそれが、また硬度を増して膨らんだ。

「司さん」

切羽詰まった声を上げ、勇真が体を寄せてくる。

「俺、ずっと、ずっと司さんのことが好きです。初めて会った時、俺の泳ぎが好きだって言ってくれた時から、司さんのことしか考えてません」

真摯な眼差しに見つめられた。

「……ありがとう。僕も勇真くんのこと、好きだよ」

まっすぐで努力家で優しい彼は、自分だけを見てくれている。

彼のために、そばから離れようと思った。そうすれば、すべてがうまくいくと思ったから。

――だけど自分が耐えられなかった。

「二人でそこまで盛り上がられちゃうと妬けるな」

透真は困ったように眦《まなじり》を下げる。

「僕の大切な二人が仲良くしてくれるのは嬉しいけどね。……司くん、僕も君が大好きだよ」

司の頬を透真がそっと撫でた。

「勇真の応援に来てくれた君の横顔を見てから、気になって仕方がなかった。同じプロジェクトに呼んで、真面目な仕事ぶりに惹かれて。……片想いで終わらせたくなかった」

今まで聞いたことがないような、誠実で真面目な口調に目を見張る。

「主任がそんなこと……」

ずっと憧れてきた人だった。想像もしていなかったようないやらしいことをいっぱいされてもなお、彼への気持ちは残っている。

「仕事場以外では、名前で呼んでほしいな」

お願い、と手を取られる。

「透真さん……」

二人からの告白で胸がいっぱいになった。求められるのは嬉しい。たいして取り柄のない平凡な自分を、こんなにも素敵な二人が愛してくれるなんて夢のようだ。

「……僕も、二人が大好きです。……会えない間、すごく寂しくて……」

我慢できず、自分を慰めた。思い出しただけで赤面したくなるような行為をしてしまった。

「寂しくて、一人でしちゃった？　司くんはここも感じるよね。一人の時も触るの？」

後ろに回った透真が、背中に体を重ねてきた。シャツのボタンが外され、露わになった胸元を手のひらが撫でていく。

「ピンクでかわいい乳首にご挨拶しなくちゃ」

埋もれた突起を露出させるように、二本の指で揉まれて背をしならせてしまい、勇真と顔が離れた。

「こっちも気持ちいい……？」

勇真の指が、副乳に添えられた。最初は遠慮がちに触れていたものの、すぐ大胆に摘まんだり爪を立てたりしてくる。

「あっ……」

胸元の刺激だけで、屹立が熱を帯びていく。はぁ、と吐いた息が自分でも驚くほど湿っていた。

「二人に愛されるために作られた体だよね。たくさんかわいがってあげるから、いっぱい感じて」

透真が囁く。勇真の指に力が込められた。四本の手が乳首と副乳を揉み、摘まみ、ひねる。そのランダムな動きに感じて、体が跳ねた。

「ふぁっ……」

触れられた部分は、どこも気持ちがいい。爪で軽くひっかかれ、体中の血液が沸騰しそうになる。

「乳首だけで射精してみる?」

指の腹で乳首を弄りながら、透真が耳元で囁く。

「や、そんな、……無理っ……」

「無理じゃないよ。目を閉じて、僕たちに任せて」

ほら、と目の前を彼の手で隠された。視界を塞がれた状態で、右の乳首を引っ張られる。

「はぁ……だめぇ……っ……」

そこから体中の熱が飛び出していきそうな錯覚に震える。副乳をぐりぐりと強めに擦られて、全身を波打たせた。

「四つあるから、気持ちよさも倍になってるね。感じすぎて涙が出てきちゃった?」

視界を奪われた状態で服を脱がされる。下着を引き下ろされた時、昂ぶりがやっと外に出られると言わんばかりに飛び出してしまった。

透真の手が離れた。潤んだ視界の中、二人が自分の胸元に顔を寄せているのを確認する。

二人に弄られた乳首はすっかり露出し、存在を主張するように硬く立ち上がっていた。色も濃くなっているような気がする。

「……すごい、こっちは触ってないのに濡れまくり……」

勇真の手が欲望の先端から溢れる蜜を掬《すく》う。その仕草だけでも達してしまいそうで、体に断続的な震えが走った。

「乳首でいっちゃう？　それならそう言って？」

言えないと首を横に振っても、透真は容赦なく乳首を指で転がす。

「どこがいいのか教えて、ね？」

「うっ……ああっ！　いく、いっちゃうっ……」

胸への刺激だけで極めてしまう。触れられていないのに性器は既に昂り、もう達してしまいそうだった。体に溜った熱をどうにかしたくて腰を振る。

「乳首で射精したいなら、そう言わないと。いかせてあげないよ？」

透真に性器の根元をぎゅっと摑まれ、射精を阻まれた。

「……やっ、だっ……」

駄々《だだ》をこねるように首を横に振る。

乳首は埋もれないようにするべく二人に引っ張られ続けたせいで、赤くなってしまった。息を吹きかけられるだけで体が芯まで震えてしまう。

「いきたいっ……乳首で、いかせてぇ……」

恥じらいも忘れ、大きな声でねだる。ご褒美のように、勇真の指が副乳を押しつぶした。

「ふっ……、ううっ！　んぁ、……ちゃう、出ちゃうっ……！」

二人に見られながら腰を振る。強烈な快楽に息が止まった。全身が雷に打たれたかのように痺れて痙攣する。

「……本当に乳首でいった……」

勇真は呆然と呟き、副乳から指を離した。

「乳首でいっちゃう司くん、かわいかったよ」

「っ……」

透真が頬を寄せてきたけれど、何も言えずに俯く。まさか本当に、乳首を弄られただけで極めてしまうなんて思わなかった。

しかもまだ熱は収まっていない。性器以外の場所への刺激で達すると、絶頂の波から下りられなくなってしまうのだ。呼吸は全く整わない。

シーツの上で跳ねる司の体を、二人は好き勝手に弄り続けた。指は胸元から下半身へと向かう。

「ちょっと毛が生えてきてるね。また剃ってあげようか」

「そうだな。何もないの、エロくていい」

勇真が生えかけの毛の感触を楽しむように指で肌をまさぐる。

　だらだらと蜜を零す欲望を隠そうと足を擦り寄せる。完全に先端が露出していないのに射精したせいで、体液が飛び散っていた。生えかけの体毛も恥ずかしい。

「もう僕たちは君の体中を知っているのに、隠してどうするの？　全く、司くんはいつまでも処女みたいでかわいいな」

　透真は微笑みながら、司の足を大きく広げた。隠したいものすべてが露わにされて、司は唇を噛んだ。羞恥はやがて、快感に変わる。早く何も考えられなくなるまで感じてしまいたい。

「足を開いて、ここをくぱっと広げて誘ってくれる司くんも魅力的だと思うけどね。今度、オフィスでやって見せて」

　後孔を撫でられる。透真が想像している場面が頭に浮かび、その淫らさにくらくらした。窄まりを見られるだけでも恥ずかしいのに、そんなあけっぴろげに会社で誘うことなんて無理だ。

「そうだ、玩具を使うのもいいかも。司くんのオナニー見たいな。玩具を出し入れしながらおねだりするんだよ。かわいいだろうね。……またスクール水着もいいな。今度は破いて奥をいっぱい突いてあげたい」

　透真の卑猥な妄想が加速していく。彼の脳内で、自分はどんなことをさせられているのだろう。想像しただけで恥ずかしい。

「いいな」

　勇真も頷いた。

「司さんがスクール水着を着て、一人でやってるとこ見たい」

　瞬きを忘れたように目を見開きながら勇真が声を弾ませた。

「いいね。勇真もだいぶ、分かってきたね」

「ああ」

頷き合う兄弟を見て涙が浮かんだ。いつの間に勇真は、ここまで透真に感化されたのだろう。

「なんでそんな、勇真くんまで変態みたいに……」

思わず口をついた言葉に、透真が眉を寄せる。

「人は誰でも変態な部分を持っていると思うけど。心外だなぁ」

透真は不服そうに口を尖らせ、司の窄まりを指で拡げた。勇真の指は昂ぶりに伸び、先端から根元までを強めに扱く。

「ひっ」

先端を剝き出しにされて息を飲んだ。触れる空気すら気持ち良く感じてしまう。

「ここ、ひくついてるね。舐めて欲しい？」

透真が柔らかな声で問いかけてくる。

そこを舐められるのは恥ずかしい、だけど気持ちいいと知っている。迷ったのは一瞬だった。

焦らされるよりは、恥ずかしくても早く快楽が欲しい。

「……ん、して、舐めて、くださいっ……」

口にした瞬間、恥ずかしくて顔から火が出るかと思った。

「じゃあ舐めてあげようか、勇真」

「ああ」

二人は司の足を限界まで広げ、持ち上げた。露わになった窄まりに、まず勇真が顔を寄せる。

「……あひっ」

表面を舐められ、尖らせた先端を出し入れされる。小刻みに動きを悦んだそこから力が抜けると、舌が深くまで埋められた。

押し込まれた舌が内側をかき回す。同時に指が入ってきて、縁を揉んで押し拡げた。

「勇真に舐めてもらって、どう？」

耳元に透真が囁く。

「……気持ち良い？」

勇真は窄まりをかき混ぜながら、心配そうに声をかけてくる。

「う、ん……気持ちいいっ、……」

唾液で濡れそぼったそこにジェルを追加されると、耳を塞ぎたくなるような卑猥な水音が響く。自分の体が発する、ぬかるんだ音が恥ずかしい。

「や、っ……」

揃えた指でかき回された窄まりは、熟れて指に吸いつくようになってきた。

「あ、指が三本、入っちゃったよ。これでぐりぐりされるの、好き？」

透真が乳首を摘まみながら、後孔の様子を伝えてくる。

「ん……好きっ……。……もっと、強くしてっ……指もっ……！」

目覚めた体は貪欲に快楽を欲しがる。唆されるままいやらしい言葉を口にして、自分も煽っていく。

「こんなにいやらしくなっちゃって、どうしようね」

苦笑した透真が、司の目尻に口づけた。

「僕たち以外とこんなことしちゃ駄目だよ」

「……しない、……できない、です……！」

ここまで欲望に正直になれるのは、相手が透真と勇真だからだ。二人はどんな司も受け入れてくれると分かっているから、身を委《ゆだ》ねることができる。

この体は、彼らによって変えられた。それくらいの責任はとって貰わないと困る。

「もう……いいかな」

勇真が指を引き抜いた。切羽詰まった顔をして、彼は司の両足を持ち上げる。

「挿れていいだろ？」

余裕のない口調に頬が緩む。求められるのは嬉しい。

「……う、ん……久しぶりだから、ゆっくり、して……」

「分かった」

神妙に頷いた勇真が、最奥に熱を宛がう。指で拡げられ、粘膜を巻き込むようにして、硬いものが入ってくる。

「……うっ……」

司はすぐに自分が言ったことを後悔した。じりじりと時間をかけて入ってくると、その分だけ大きさや硬さを強く意識する羽目になる。

喜ぶように脈打つ内壁の変化も、勇真には伝わっているだろう。

「っ……」

粘膜を擦られるじれったさに、唇を噛んだ。もどかしさに体が揺れる。

「全部、……入った。……なんだよ、これ……。奥から締めてくるっ……」

勇真が呻いた。彼の体から零れた汗が、司の肌を濡らす。

「……や、くっ……」

奥深くまで暴かれ、全身に震えが走った。この体は今、勇真の形に押し拡げられている……。

「司さん？」

勇真が心配そうに顔を覗き込んできた。きっと酷い顔をしている。だって目は潤んでいるし、口は閉じられないから唾液に濡れている。

だけど取り繕う余裕なんてなかった。

「早くっ……おかしくなっちゃう……」

お願い、と勇真の腕を掴む。

「あ、ああっ」

勇真が慌てたように動き出す。ほっと息を吐いたのもつかの間、彼は動きを止めて腕を司の背中に回してきた。

「……？」

「この体勢だと司さんが重いから。上に乗って……首に腕を回して」

言われるまま、勇真の首に腕を回す。そのまま体を持ち上げられ、シーツに膝をついて彼に跨る形になった。

「っ……ん、深……いっ……」

抉られる角度が変わる。体重をかけ、二人分の汗で湿った体を密着させて、息を整えた。

「……大丈夫？」

ベッドに膝立ちになった透真が心配そうに髪を撫でてくれた。黙って頷く。勇真は司から体を離し、後ろに手をついた。

「すげぇ、全部見える……」

勇真が繋がっている部分に視線を向ける。つられて司も視線を落とした。

お互いの体毛が殆どないから、繋がっている部分がよく分かる。

あんな太くて大きなものが、見えなくなるまでこの体に入っているのだ。ふと覚えた愛しさのまま、自分の下腹部を撫でた。

「……勇真くんは、この辺まで来てるのかな……」

呟いた瞬間、勇真の昂ぶりが強く脈打つ。

「な、何を言い出すんだよ」

勇真は焦った声を上げ、司の腰を掴み直した。

「だって、すごいなと思って。……勇真くん、もう、……動いて……」

動かないのがもどかしくて、勇真にねだる。彼は頬を上気させて、下腹部を触っていた司の手を取った。

「司さんが動いて。……ほら、手をついて」

導かれるまま、勇真の腹筋に手を置く。硬く割れたそこに触れるだけで胸がざわめき、じっとしていられず体を前後させた。

「ああ、ここ、……気持ちいいっ……」

自分が感じる場所が分かると、そこに勇真の性器を押し当てる。腰を回したり上下させたりして、硬い肉の感触を味わった。

「はぁ……すごいな、……吸いついてくるっ……」

勇真が腰を掴んで突き上げてくる。

「はぁ……もっと……！」

背中側に回っていた透真が司のうなじに吸いついてきた。背骨を辿るように撫で下ろし、勇真と司が繋がった部分へそっと触れた。

「何してんだよ、……透真、やめろって……！」

「あっ……そんな、むりっ……」

勇真の昂ぶりに沿うようにして、透真の指が入ってくる。既にぎちぎちに拡げられていた入口が裂けそうになって、司は息を詰めた。

「ちゃんと濡らしたから、平気だよ。……ほら、入っちゃう」

滑り込むようにして入ってきた指が、奥へと進む。驚いたように窄まる内壁が、透真の爪の硬さまで感じ取った。

「ああ、すごいなぁ。ここが勇真の気持ちいいところかな」

「……やめろ、透真っ」

透真の指が、勇真の欲望を刺激する。

「……あんっ……」

粘膜を透真の指が擦り、たまらず甘い声を上げた。それに呼応するように窄まりがきつく収縮する。

「くっ……そんな……まずい、っ……」

勇真が苦しげに呟き、昂ぶりを脈打たせた。

「ふふ、二人ともかわいい」

透真は笑いながら、司の後孔を指でまさぐった。勇真の昂ぶりに添うように撫でられたかと

思うと、その場でぐるりと回される。

「なんだ、これ……」

ぐちゅぐちゅと湿った音を立てて指を出し入れされる。動きを止めた勇真が悩ましげな息を吐いた。

「大丈夫？」

「う、ん……」

透真の指が、後孔の弱みに触れる。

それはとても奇妙な感覚だった。びりびりと指先までをも痺れさせながら、体内に熱を巻き起こす。司はこれが快楽なのかどうなのか判断できず、手を握っては開くを繰り返した。

弱い場所から指が離れ、いつしか詰めていた息を吸う。鼓動は跳ね上がったまま治まらない。全身が汗ばみ、額に前髪が張りついた。

「僕も仲間に入れてね」

背中に透真の体がぴたりと重ねられる。腰を掴まれ、軽く持ち上げられた。

「……？」

何をされるのか分からず、薄く眼を開ける。勇真が焦った顔で体を引いた。

「無理だっ、やめろ」

「大丈夫だよ。かなり拡がったし、もう力も抜けてるから。……はい、二人で仲良くちゅうっとしててね」

透真が優しく囁き、背中を押してきた。前のめりになった体が、勇真の上に倒れた。

「……うぅっ……」

中を抉る角度が変わり、息が止まる。そのまま後頭部を押され、勇真と頬を密着させる形になった。

「司さんっ」

頬をすり寄せられる。唇の端が重なったらもっと触れたくなって、お互いに舌を突き出して舐め合った。

「……んんっ……？」

指が強引に窄まりを拡げる。宛がわれたものが透真の欲望だと気がついて、目を見張った。

――そんな大きいの、無理だ。

唇をもぎ離す。勇真もまた、戸惑ったように瞠目して固まっていた。

勇真を受け入れた状態で、腰を前に逃がそうとした。だけど透真に押さえられてしまう。

「ひゃ、めっ……」

「力を抜いててね」

指を窄まりにひっかけられた状態で、濡れた先端が押し当てられた。当然のように押し込まれたそれの太さに、最奥が驚いたように窄まった。

「あ、あっ……！」

ずぶりと音を立てて、透真の熱が入ってくる。勇真のそれに沿う形で、ゆっくりと。体が内側から焼けそうに熱い。

「……うわっ……そんな、深すぎるっ……」

信じられないほど奥を拡げられて、がたがたと震える。

「……すごい、きつすぎっ……」

勇真が苦しげに呻いた。

「……全部入ったよ。ふふ、思った通り、司くんのお尻はいやらしいね」

一人だけ楽しそうな透真は、司の腰を掴み逃げられないようにしてから、もっと奥まで暴こうとする。

こんなのおかしくなる。ありえないほど体を拡げられ、二人のものにされてしまう。

「僕も剃毛《ていもう》しようかな。お揃いもいいと思わない？」

透真に問いかけられても、司と勇真に答える余裕はなかった。透真が腰を引いたせいだ。ずるりと抜け落ちるそれが粘膜も道連れにしそうで、司は息を詰めた。それにつられたのか、勇真も息を止める。

張りつめた空気の中、勇真に縋《すが》りつく。そうしないと、自分の体がばらばらになってしまいそうだ。

「あっ……や、抜いたら、……やだっ……」

「ん？　そんなにここをぎちぎちにされたいの？　欲張りだなぁ」

笑いながら透真が腰を揺らす。内襞を抉る動きがたまらない。きつくて苦しいはずなのに、どうしてこんな恍惚に包まれるのだろう。

「勇真も動いてごらん」

「……無理だ、こんなの……」

勇真が首を横に振る。彼は眉を寄せた悩ましい表情で、司を見上げてきた。視線が絡んだだけで、心の奥がひたひたと幸せに満たされていく。

「無理じゃないよ。ほら、こうやって、ね」

透真がゆっくりと欲望を出し入れする。そのリズムは痛みや違和感を快感へと塗りかえていった。

「ああ、……だめぇぇ……」

頭の中までぐちゃぐちゃにかき回される。自分が何をしているのかもよく分からなくなってきた。ただ快楽だけが、どんどん純度を高めていく。

痛みを凌駕《りょうが》する悦びが、司の体内で暴れ回っていた。二人に貫かれた部分が熱くて気持ちよくて、おかしくなりそうだ。

「ふぁあっ」

腰を突き上げた瞬間、自覚のない射精をしていた。先端から体液が迸り、勇真の体を汚している。

「もう……いくっ…」

苦しげに息を吐いた勇真は、悩ましげに眉を寄せた。

「いいよ、司くんの中にいっぱい出して」

透真がそう言い、ゆっくりと腰を揺らした。円を描くようなその動きに眉を寄せる。どうしよう。達したばかりなのに、気持ちよすぎてたまらない。

「っ……出るっ……」

勇真がぎゅっと抱きついてきた。重ねた肌から、彼の体温が伝わってくる。彼の筋肉が震え、やがて最奥に熱いものが放たれた。どくどくと音を立て、大量に中へと彼の体液が注がれる。

「ああ、熱い……僕のに勇真の精液がかかってる……」

透真がうっとりと声を上げながら、司の胸元を撫でていた指を下ろしていく。

「司くんをもっと気持ちよくしてあげる」

「やっ、……あんっ……!」

達したばかりの欲望を透真が手にする。右の手のひらで先端を包むように回されて、体が痙攣した。短時間に二度も射精したのに、まだ萎えない欲望が恐ろしい。

「やっ、手、離して……出ちゃう……」

腰に震えが走る。体の奥から、尿意のようなものがこみあげてきて焦った。

「ん？　また射精するの？　いきっぱなしなのかな？」

「ちが、……あ、っ……ひぃぃっ……」

小刻みに体を揺らす。暴走する体を止められない。

「や……出ちゃうっ……」

失禁した、と思った。だが自分の欲望から放たれたのは、思っていたものとは違った。

「うわぁぁっ……」

透明な体液が、ぷしゅっと音を立てて飛び散る。

「すげぇ……」

呆然と見上げてくる勇真の下腹部に体液が降り注いだ。さっき放った司の体液と共に鍛えた腹筋に溜まる様子は、とても直視できないほどいやらしい。

「潮吹きだ。すごいね……」

耳朶を噛んだ透真が、体液をまき散らしたばかりの司の性器に触れる。

「やだ、触ったら、……出ちゃうっ……」

「いいよ、全部出して」

透真が扱いたせいで、敏感なそこからまた液体が迸った。透明な飛沫《ひまつ》が勇真を汚す。

「……あひっ……なに、これっ……とまらないっ……！　……ごめん、勇真くんっ……！」

体が全く制御できない。体中の栓が壊れたみたいに、体液が吹き出してしまう。

「……いいです。司さん、もっと感じてください」

目も口も閉じられなかった。いきっぱなしの状態になり、二人の昂ぶりを味わうように揺らす。大きな快楽の波に、身も心も飲み込まれて溺れていく。

「も、無理っ……おかしくなるっ……」

容赦なく欲望を扱いていた、透真の指が止まる。体中の水分をすべて放ったような衝撃に襲われ、司はその場に突っ伏した。

行きすぎた快楽のせいで、うまく息ができない。朦朧とする意識の中、透真が囁いた。

「これからも三人、ずっと一緒だよ」

終

あとがき

はじめまして、またはこんにちは。ダリア文庫さんでは三冊目となる「溺れるチェリーピンク」を手にとっていただき、ありがとうございます。楽しんでいただけましたでしょうか？

今回は変態度高めでお送りしています。

真面目な会社員だった司が、憧れの上司である透真とその弟で大学生の勇真に色々とされちゃう話です。書きたかったプレイや台詞をたくさん書くことができて、私はとても満足です。あとはみなさんが呆れていないことを祈るばかりです。

さて、この話のはじまりは、「スーツの下にスクール水着を着た受なんてどうですか」という私のたわごとでした。この案が本当に通るとは思わなかったです。きっと反対されると覚悟していたのに、まさかのＯＫが。

更に編集さんが「どうせなら盛っていきましょう」とノリノリになってくれたおかげで、登場人物の全員が変態という話になってしまいました。誰も止めてくれなかった……。

この段階で私が最も不安になったのは、ＢＬでスク水を描いてくださるイラストレーターさんはいらっしゃるのかという点でした。

ところがなんと、神葉理世先生がお引き受けくださったという連絡が。嬉しくて原稿を書きながらずっとにやにやしていました。

神葉先生、お忙しい中、素晴らしいイラストをありがとうございます。表紙で受がTシャツの下に何を着ているのか、想像しただけでもう楽しくて仕方がありません。変態兄弟も格好良くてたまらないです……！

変態さでは群を抜く透真が美しく、勇真も爽やかで素敵です。司のかわいさは変態兄弟の餌食になっても仕方がないと納得してしまいます。

魅力的な三人をどうもありがとうございました！

担当K様。いつも色々とご迷惑をおかけしてすみません。そして今回、素敵なタイトルを考えてくださりありがとうございました。

私が逆立ちしても浮かばないような素晴らしいタイトルです。これを候補で上げてくださった時、平凡ですがと書かれていて目を丸くしました。平凡じゃないです！　そのセンスに脱帽です。ついていきますのでこれからもよろしくお願いします。

最後になりましたが、この本を読んでくださった皆様、ここまでお読みいただきありがとうございます。少しでも楽しんでいただければ本望です。

今後もダリア文庫さんでは、趣味に走りまくった話をお届け予定です。兄弟成分多めになると思います。どうか呆れずにお付き合いください。

これからも私にできることを、少しずつでも確実にやっていくつもりです。またどこかでお会いできますように。

藍生　有

http://www.romanticdrastic.jp/

メガネなしバージョンも
ありました。
が、
やっぱり
メガネですよね!!

魅惑のスク水☆成人男子！

もう全員スク水でもいいですよー！
というわけで近い将来
攻めさんのスク水も拝めるといいな。
ありがとうございました！

神葉理世

DB ダリア文庫

教えただろう？
——大人を本気にさせるとヤバいって
小塚佳哉
Caya Cozuca
沖麻実也
ill.Mamiya Oki
恋におちる、キスの瞬間

亡き母の思い出の車、フィアット・リトモと同じ名前を持つ今井理友は、級友の薦めで女の子とデートすることに。しかし現れたのは、榛名という美形の男だった。兄のような彼に誘われるまま休日を楽しんだ理友だったが、別れ際にキスをされて——。

✱ 大好評発売中 ✱

ダリア文庫をお買い上げいただきましてありがとうございます。
この本を読んでのご意見・ご感想・ファンレターをお待ちしております。

〈あて先〉
〒173-8561　東京都板橋区弥生町78-3
(株)フロンティアワークス　ダリア編集部
感想係、または「藍生 有先生」「神葉理世先生」係

❋初出一覧❋

溺れるチェリーピンク……………………書き下ろし

溺れるチェリーピンク

2011年10月20日　第一刷発行

著者　藍生 有

発行者　藤井春彦

発行所　株式会社フロンティアワークス
〒173-8561　東京都板橋区弥生町78-3
営業　TEL 03-3972-0346　FAX 03-3972-0344
編集　TEL 03-3972-1445

印刷所　図書印刷株式会社